राजमहल की रंगरलियाँ

यादवेन्द्र शर्मा 'चन्द्र'

हिन्द पॉकेट बुक्स
पेंगुइन रैंडम हाउस इम्प्रिंट

हिन्द पॉकेट बुक्स

यूएसए। कनाडा। यूके। आयरलैंड। ऑस्ट्रेलिया। सिंगापुर
न्यू ज़ीलैंड। भारत। दक्षिण अफ्रीका। चीन

हिन्द पॉकेट बुक्स, पेंगुइन रैंडम हाउस ग्रुप ऑफ़ कम्पनीज़ का हिस्सा है,
जिसका पता global.penguinrandomhouse.com पर मिलेगा

पेंगुइन रैंडम हाउस इंडिया प्रा. लि.,
चौथी मंजिल, कैपिटल टावर -1, एम जी रोड,
गुड़गांव 122 002, हरियाणा, भारत

पेंगुइन
रैंडम हाउस
इंडिया

प्रथम हिन्दी संस्करण पेंगुइन रैंडम हाउस द्वारा 1983 में प्रकाशित
यह हिन्दी संस्करण हिन्द पॉकेट बुक्स में पेंगुइन रैंडम हाउस द्वारा 2023 में प्रकाशित

10 9 8 7 6 5 4 3 2

इस पुस्तक में व्यक्त विचार लेखक के अपने हैं, जिनका यथासंभव तथ्यात्मक सत्यापन किया गया है, और इस संबंध में प्रकाशक एवं सहयोगी प्रकाशक किसी भी रूप में उत्तरदायी नहीं हैं।

ISBN 9789353490393

मुद्रकः रेप्रो इंडिया लिमिटेड

www.penguin.co.in

MIX
Paper from responsible sources
FSC® C047271

This is a legitimate digitally printed version of the book and therefore might not have certain extra finishing on the cover.

हिन्द पॉकेट बुक्स

राजमहल की रंगरलियाँ

यादवेन्द्र शर्मा 'चन्द्र' राजस्थान के सर्वाधिक चर्चित व प्रसिद्ध उपन्यासकार, कहानीकार तथा नाटककार थे। इन्होंने राजस्थान की सामंती पृष्ठभूमि पर अनेक सशक्त उपन्यास लिखे थे। उनके उपन्यास *खम्मा अन्नदाता, मिट्टी का कलंक, जनानी ड्योढी, एक और मुख्यमंत्री* तथा *हज़ार घोड़ों पर सवार* आदि में सामंती प्रथा के पोषक राजाओं व जागीरदारों के अंतरंग के खोखलेपन, षड़यंत्रों व कुंठाओं पर जमकर प्रहार किये गए हैं। राजस्थानी भाषा की पहली रंगीन फ़िल्म *लाजराखो राणी सती* की कथा यादवेन्द्र शर्मा 'चन्द्र' ने ही लिखी थी। हिन्दी भाषा में लिखने वाले राजस्थानी लेखकों में यादवेन्द्र शर्मा 'चन्द्र' सबसे अग्रणी रहे।

राजमहल की रंगरलियाँ

•

पूर्व जन्म की दुश्मन

जीवन जितना विचित्र है, उसकी घटनाएं, चरित्र, स्त्री-पुरुष, गतिविधियां भी उतनी ही विचित्र हैं। लगता है—सृष्टि का आंगन इन्हीं अज्ञात विचित्रताओं से भरा-पड़ा है। हर चरण पर एक विचित्र कथा।

यह कथा उन्नीसवीं सदी की है।

रियासत सामेर की। वहां के महाराजा, दीवान और बडारन की।

भोर हो गई थी। धूप सामरे के किले को अपने में समा चुकी थी। किले के चारों ओर नगर बसा हुआ था। नगर में हलकी-हलकी चहल-पहल आरंभ हो गई थी। मंदिरों में घंटा-ध्वनियां, शंखनाद, और नगाड़े बजने लगे थे। उनके बीच 'टंकोरे' की टन-टन और 'छमछमे' की छम-छम अपना अलग अस्तित्व बता रही थी। ऐसा लग रहा था कि ताज़ी धूप की निर्दोषता और मंदिर की पूजा की पवित्र ध्वनियां मिलकर एक अलौकिकता की रचना कर रही हैं।

किले की ज़नानी-ड्योढ़ी में भी हलचल शुरू हो गई थी, पर उस हलचल में प्रकृति की पवित्रता नहीं थी, बल्कि उसमें एक थका हुआ उन्माद था, एक मादकता थी और डावड़ियों (दासियों) व घाघरेवालियों के शोषण की करुणा थी।

ज़नानी-डयोढ़ी में कई महल और कोठरियां थीं—पटरानी मानकंवर का महल, रानी रूपादे और दीपादे के महल और इसके अलावा कई पर्दायतणें व पासवानों के महल।

दीपादे और रूपादे सगी बहनें थीं। दोनों अनुपम रूपवती और आकर्षक। उनके अंग-प्रत्यंग में महक-सी आती रहती थी और उनकी आकृतियां इतनी सलोनी थीं कि देखते ही नज़र चिपक जाती थी।

महाराजा तखतसिंह आजकल इन्हीं तीनों कलियों के आसपास मंडराता रहता था, जिससे दूसरी स्त्रियां ईर्ष्या में जल रही थीं।

दीपादे और रूपादे वैसे तो कहने के लिए सगी बहनें थीं, पर दोनों की आंखों में एक-दूसरे के प्रति खून बरसता था। दोनों एक-दूसरे के रक्त की प्यासी थीं। दोनों एक-दूसरे के सर्वनाश पर तुली हुई थीं।

दोनों में उम्र का अधिक अन्तर नहीं था। रूपादे दीपादे से एक साल बड़ी थी। दोनों में बचपन से एक-दूसरे के प्रति ईर्ष्या थी। यदि दोनों में से किसी एक को मां या बाप थोड़ा-सा लाड़ करने में फर्क रख देते थे तो बस, दोनों में लड़ाई शुरू हो जाती थी।

एक बार उनका बाप राजा पृथ्वीपाल शिकार खेलने के लिए गया। वह अपने साथ दीपादे को ले गया। दीपादे अस्त्र-शस्त्र चलाने में अधिक निपुण थी।

इस बात को रूपादे ने अपना घोर अपमान समझा और उसने अनशन शुरू कर दिया। लाचार पृथ्वीपाल को उससे माफी मांगनी पड़ी और अलग से शिकार खेलने का आयोजन करना पड़ा।

शनैः-शनैः दोनों बहनों के बीच घृणा की खाई बढ़ती गई। दूरियां जन्मती गईं। फिर तो दोनों एक-दूसरे को देखकर तनावों से भर जाती थीं।

उस दिन दोपहर थी।

रूपादे और दीपादे यौवन के कगार पर कदम रख चुकी थीं। दोनों सुदर्शन और चंचल थीं। सिर से पांव तक एकदम सांचे

में ढली-ढली। सचमुच वे दोनों अनिंद्य सुन्दरियां थीं।

दोपहर के भोजन का थाल 'रसोड़े' में तैयार हो रहे थे। तभी दीपादे की डावड़ी लूणी रसोड़े में पहुंची। उसने रसोइये से अरज कही, "बाई सा दीपादे जल्दी से 'थाल' मंगवा रही हैं। उन्हें ज़ोर से भूख लगी हुई है।"

तभी रूपादे की डावड़ी 'भीखी' आ गई। उसने भी अधिकारपूर्ण स्वर में कहा, "रसोइयाजी! बड़ी बाई सा सबसे पहले थाल मंगवा रही हैं। उनके पेट में चूहे ज़ोर-ज़ोर से बोल रहे हैं।"

लूणी ने भौंहें तानकर भीखी को तीखी निगाह से देखा। कहा, "पहले मैं आई हूं, इसलिए थाल पहले मैं ले जाऊंगी।"

भीखी ने चुनौती दी, "आप थाल कैसे ले जाएंगी? रूपादे बाई सा बड़ी हैं, इसलिए थाल पहले उनके महल जाएगा।"

लूणी अत्यन्त ही धीर-गंभीर और चतुर थी, पर कभी-कभी वह एकाएक बहुत ही उत्तेजित हो जाती थी। भीखी ने जिस अकड़ से कहा, उसने उसी हिसाब से जवाब दे दिया, "बड़े तो भाटे (पत्थर) भी बहुत होते हैं। हम उनकी परवाह नहीं करते। ऊपर से निकल जाएंगे।"

भीखी ने इस वाक्य को अपनी बाई सा का अपमान समझा। वह क्रोध में दांत पीसकर बोली, "तेरे मुंह में बासती (आग) पड़े। तू बाई सा को भाटा कहती है! मैं तेरी ज़बान खींचकर रख देंगी।"

लूणी ने गर्दन को झटका देकर कहा, "हुं; आई है ज़बान खींचने वाली!"

इस बीच रसोइये ने एक थाल लगा दिया था। लूणी ने उसे दोनों हाथों में उठाकर भीखी से कहा, "देख, तेरे नाक-माथे से थाल ले जा रही हूं। जो करना है, सो कर ले!"

भीखी ने लपककर थाल गिरा दिया और एक हलका-सा थप्पड़ भी लूणी के मार दिया। फिर क्या था! लूणी भी भीखी पर झपट पड़ी। दोनों गुत्थमगुत्था हो गई। गालियों की आवाज़

ने आसपास की डावड़ियों को चौंका दिया। तुरन्त एक ने दीपादे को खबर दी। वह बिजली की चपलता से आई और उसने भीखी को मार-मारकर अधमरा कर दिया—लातें, घूंसे और बेंत! भीखी के शरीर पर चगदें उभर आए। वह रोती-रोती रूपादे के पास पहुंची। उसने आंसू पोंछते हुए सारी कहानी सुनाई।

रूपादे के तन-मन में आग लग गई। वह क्रोध में दांत पीस-कर बोली, "उस घमंडण की यह मजाल! मेरी डावड़ी को ढांढे (पशु) की तरह पीटा। आज मैं भी उसे देख लूंगी। लेने के देने न पड़ जाए तो मैं भी अपने बाप की असल बेटी नहीं। मान लूंगी कि मैंने किसी रजपूतानाणी का नहीं, गोली का दूध पिया है।"

रूपादे ने दीवार पर सज्जित तलवार म्यान में से निकाली। उसकी खंजन-सी अंजनमयी आंखों में हिंस्रता दीप्त हो गई। नसें तन गईं और वह तेज़ कदम उठाती हुई रसोड़े की ओर भागी।

उधर दीपादे अपने महल में आ गई।

रूपादे क्रोध में नागिन-सी फुत्कारती हुई दीपादे के महल की ओर गई। लूणी की नज़र रूपादे पर पड़ गई। हाथ में काल-जिह्वा-सी लपलपाती तलवार। कठोर मुद्रा। वह दीपादे की ओर उन्मुख होकर चीख पड़ी, "बाई सा, बचिए। रूपादेजी आपको मारने के लिए तलवार लेकर आ रही हैं।···आप जल्दी से छुप जाइए।"

दीपादे ने कड़ककर कहा, "मैं छुप जाऊं? क्यों? मैं कोई जाटणी की जायोड़ी हूँ! मैं भी क्षत्राणी हूं। मुझमें भी वही खून है, जो रूपादेजी में है।"

दीपादे ने भी लपककर तलवार ले ली। लूणी कांप गई। उसने सोच लिया कि आज ज़रूर कोई महा अनर्थ होने वाला है। महा अनिष्ट के काल-पंख फैल गए हैं। वह तूफानी गति से महा-राजा के निजी महल तखत-भवन की ओर लपकी।

इसी बीच दोनों बहनें एक-दूसरे के रक्त की प्यासी बनी हुई

आमने-सामने खड़ी हो गई थीं। कुछ डावड़ियां चीखती-चिल्लाती, आतंक से घिरी हुई रानीजी के महल की ओर भागीं। एक किलेदारजी को बुलाने पंछी की तरह उड़ी।

रूपादे ने दांत पीसकर कहा, "आपने मेरी डावड़ी को ढांढे की तरह पीटा?"

सामन्ती-संस्कृति की यही विशेषता है कि जहां दोनों बहनों को तू-तू मैं-मैं करना चाहिए, वहां वे दोनों अब भी एक-दूसरे को सम्मानजनक सम्बोधन से बोल रही थीं।

"हां।"

"क्यों?"

"इसलिए कि उसने लूणी का अपमान किया, उसके थाल को हाथ से गिराया। उस रांड मालज़ादी (भीखी) को आप समझा दीजिए, वरना कभी मैं उसके टुकड़े-टुकड़े करके चील-कौवों को खिला दूंगी।"

रूपादे ने तप्त स्वर में कहा, "उसे मारने वाले इस पृथ्वी पर जन्मे ही नहीं।"

"आपके सामने तो खड़ी हूं।" दीपादे ने दर्प से ऐंठकर कहा, "जो छीनना है, छीन लो।"

"दीपादे!" रूपादे तलवार लेकर उसपर झपटी। दीपादे भी सचेत थी। उसने रूपादे की तलवार से अपनी तलवार टकरा दी। टन की ज़ोरदार आवाज़। दोनों बहनों की आंखों में खून उतर आया।

"आज मैं आपको लोहे के चन्ने न चबवा दूं तो मेरा नाम रूपादे नहीं।"

दीपादे ने उसका उसी ढंग से उत्तर दिया, "यदि मैं आपको आज धूड़ (धूल) न चटवा दूं तो मुझे भी आप दीपादे मत कहिएगा।"

तलवारें अलग हुईं। फिर टकराईं। तभी महारानी हांफती

हुई आ गई। उसने डावड़ियों के सहारे दोनों को अलग किया। लम्बी सांस लेकर बोली, "यह क्या हुड़दंग मचा रखी है? तुम दोनों को आपस में तलवार लेकर लड़ते हुए लज्जा नहीं आती! लगता है, दोनों का खून सफेद हो गया है।"

दीपादे कड़ककर बोली, "मां सा! आप बड़ी बाई सा को समझा दीजिए, वरना मैं इनका खून पी जाऊंगी। राड़ से तो बाड़ भली।"

रूपादे ने घृणा से थूकते हुए कहा, "जाइए, मेरे खून को पीने के लिए एक जन्म और लेना पड़ेगा।"

"खामोश!" रानी गरजकर बोली, "मैं सपने में भी नहीं सोच सकती थी कि मेरा अंश इतना बावला होगा। अरे, आप दोनों से तो जानवर भी चोखे। उनमें भी आपस में प्रेम होता है। तब आप दोनों तो एक मां-जायी हैं।"

महाराजा और किलेदार भी लपकते हुए आ गए। महाराजा की दाढ़ी अस्त-व्यस्त हो गई थी। वैसे ही उसकी दाढ़ी 'थूक-फजीता' दाढ़ी थी। कहीं घने बाल और कहीं उड़े हुए बाल।

"यह आप दोनों ने क्या रम्मत (तमाशा) मचा रखी है!" महाराजा ने कड़ककर पूछा।

दोनों ने अपने-अपने सिर झुका लिए।

महाराजा फिर झुंझलाकर बोला, "आखिर आप दोनों चाहती क्या हैं? इस घर को घर की आग से जलाकर राख करना चाहती हैं? मैं आप दोनों को आखिरी बार चेतावनी देता हूं कि या तो आप दोनों आपस में प्रेम से रहना सीख लीजिए, वरना मैं कोई तीसरी करके दिखा दूंगा।"

दीपादे सिर झुकाए हुए ही बोली, "अन्नदाता! आप बाई सा को समझा दें। ये मुझसे बिना कारण लड़ती-झगड़ती रहती हैं। इनकी आदत तो यह पड़ गई है कि आ बैल, मुझे मार।"

रूपादे ने उसकी बात से इंकार करते हुए कहा, "जो खुद जैसा

होता है, उसे दूसरा भी वैसा ही दिखता है। इस दीपादेजी को किसीका कोई कायदा नहीं। हर समय हड़क में आए गण्डक की तरह झपटती हैं।"

आप दोनों चुप रहिए और मेरे सामने से हट जाइए। लगता है कि आप दोनों पूर्व जन्म में एक-दूसरे की दुश्मन थीं।"

दोनों चली गई।

इस तरह छोटी-छोटी बातें दोनों बहनों के बीच घृणा की दीवारें बना रही थीं।

और सबसे बड़ा दुर्योग यह था कि राजा पृथ्वीपाल के लाख न चाहने पर भी दोनों बहनें एक ही व्यक्ति को ब्याही।

सच, कितना विचित्र है यह विधि का विधान! आदमी सोचता कुछ है और होता कुछ है।

दोनों बहनों के आपसी वैमनस्य और तनाव को देखकर राजा पृथ्वीपालसिंह ने सोचा था कि जल्द से जल्द किसी एक का विवाह करके इस गृह-कलह को समाप्त कर दिया जाए। इस निर्णय के बाद उसने तुरन्त राजपुरोहित को बुलाया था। राजपुरोहित ने चंद ही दिनों में जांच-पड़ताल करके महाराजा तखतसिंह का नाम बता दिया।

तखतसिंह ने अपनी विश्वासी खवासण—'जमनड़ी' को गुप्त रूप से लड़की देखने को भेजा। जमनड़ी ने दोनों बहनों को देखा। उनसे बातचीत की। उसे लगा कि बड़ी से छोटी बहन बहुत तेज़ और चालाक है। पृथ्वीपाल के रावले में आने में उसकी मदद यहां की बडारण ने की। वह उसकी पुरानी परिचित थी।

उसने लौटकर महाराजा को छोटी से शादी करने के लिए अनुरोध किया। महाराजा ने दीपादे से विवाह करने के लिए स्वीकृति दे दी।

पृथ्वीपालसिंह ने स्वयं राजपुरोहित को महाराजा से बात करने

के लिए भेजा। राजपुरोहित महाराजा के हुज़ूर में हाज़िर हुआ। एक हज़ार एक मोहरें नज़र कीं। बोला, "महाराजा सा ने हमारी कन्या से विवाह करने का हांकारा (स्वीकृति) भरकर हमारी इज़्ज़त बढ़ाई है; पर कृपानिधान, बड़ी बहन को छोड़कर छोटी बहन के हाथ कैसे पीले किए जा सकते हैं? बड़ी को रखकर छोटी का डोला आपके किले में कैसे आ सकता है?"

महाराजा तखतसिंह ने गंभीर स्वर में कहा, "पुरोहितजी, यह अपनी-अपनी पसंद की बात है।"

"क्षत्री में पसंद की जगह मान-मर्यादा की रक्षा की बात अधिक होती है।"

तखतसिंह ज़्यादा सोचता-विचारता नहीं था। उसका अधिकतर हां-ना में ही विश्वास था। पुरोहित को अधिक गिड़गिड़ाते हुए देखकर उसने अत्यन्त ही सतहीपन से कहा, "फिर आप ऐसा कीजिएँ कि दोनों बहनों के नारियल हमारे लिए ही भेज दीजिए। हम दोनों को बराबर का ओहदा देंगे और आव-आदर से रखेंगे।"

पुरोहित महाराजा का यह प्रस्ताव सुनते ही पुलकित हो गया। बोला, "अन्नदाता! यह तो आपने हमारी सारी चिंता मिटा दी। हम ऐसा ही करेंगे।"

राजपुरोहित ने लौटकर राजा-रानी को यह शुभ संवाद सुनाया। इसे सुनते ही रानी स्तब्ध हो गई। राजा की आंखें विस्फारित।

कुछ क्षणों का गहरा मौन!

उस मौन को पुरोहित ने तोड़ा, "आप अबोने क्यों बन गए हैं? यह तो हमारे लिए बड़ी अच्छी बात है। स्वयं महाराजा तखतसिंह ने आपकी दोनों बेटियां मांगी हैं।"

रानी मंद स्वर में बोली, "यह तो ठीक है, पर इन दोनों बहनों में कुत्ते-बिल्ली का झगड़ा है। ये दोनों सुख से कभी भी साथ नहीं रह सकतीं।"

पुरोहित ने अपनी असहमति ज़ाहिर की, "छोड़िए राजाजी!

ये दोनों क्या सदा बच्चियां ही रहेंगी? जब 'चवरी' का धुआं लगेगा तो ये समझदार हो जाएंगी। लग्न-मंडप के पवित्र मंत्र इनमें दायित्वों की गरिमा भर देंगे। अन्नदाता! आप ज़रा भी चिंता न करें। मैंने महाराजा तखतसिंहजी को स्वीकृति दे दी है। यदि हम अब शादी न करने को कुछ भी बहाना बनाएंगे तो परिणाम बुरा हो सकता है? आप शांति से इसपर विचारिए।" पुरोहित ने एक लम्बी सांस लेकर फिर कहा, "फिर हमें यह भी मानकर चलना चाहिए कि हम तो इन दोनों को अपनी देहरी से प्रेमपूर्वक विदा कर रहे हैं।"

राजा ने हताश स्वर में कहा, "आप ठीक कहते हैं पुरोहित-जी! आपने जो निर्णय लिया है, वह भी राजघराने के हित में है; लेकिन अंधेरे और उजाले का मिलाप असंभव है। आग-पानी की दोस्ती नहीं हो सकती।"

"अंधेरा-उजाला और आग-पानी की बात आप छोड़िए। आदमी की बात कीजिए। मिनख-मिनख के बारे में सोचिये। इति-हास साक्षी है—प्रताप व शक्तिसिंह मिले, चूंडावत-शक्तावतों में मिलाप हुआ। मिनख जानवर नहीं है। वह सोचता-समझता है। जो सोचता-समझता है, उसमें कभी न कभी सद्भावनाएं जागती है।"

रानी आंतरिक रूप से अपनी दोनों बेटियों से परेशान थी। वह भी जल्द से जल्द इनसे मुक्ति पाना चाहती थी। उसके मन में यह विचार बिजली-सा कौंधा कि वह स्वयं तो इन दोनों के ब्याह से इनकी हर रोज़ की राड़ से छुट्टी पा जाएगी।

रानी प्रकट में बोली, "अन्नदाता! पुरोहितजी ठीक फरमा रहे हैं। आखिर हैं तो सगी बहनें ही। एक दिन दोनों एक हो जाएंगी।"

राजा ने रानी की बात को न मानते हुए कहा, "मुझे तो यह संभावना नज़र नहीं आ रही है।"

पुरोहित राजा को आश्वस्त करने हेतु बोला, "अन्नदाता! आपको इतना हताश नहीं होना चाहिए। आशा बड़ी बलवती होती है। जो सही सोचता है, उसे कभी न कभी अच्छा फल भी मिलता है।"

रानी ने कहा, "आप पुरोहितजी की बात मान लीजिए और दोनों के नारियल भेज दीजिए।"

फिर दोनों के नारियल भेज दिए गए थे।

अपनी-अपनी डावड़ियों द्वारा दीपादे व रूपादे को इसकी खबर मिली। दोनों ने इस बात का कोई विरोध नहीं किया, बल्कि वे दोनों अचेतन में प्रसन्न हुई। मन ही मन सोचने लगीं कि अब हम देखेंगी कि कौन किसको मात देती है! कौन महाराजा तखतसिंह के गले का हार बनती है! कौन महाराजा को अपने घाघरा का 'ढेरा' बनाती है!

खूब ठाट-बाट से विवाह हो गया था।

राजा पृथ्वीपाल ने महाराजा तखतसिंह को ग्यारह हाथी, पांच सौ घोड़े, पच्चीस रथ, दस पालकियां, ग्यारह पुरुष और अपनी एक-एक बेटी को इक्कीस-इक्कीस डावड़ियां दायजे (दहेज) में दीं।

पटरानी मानकंवर को यह ब्याह ज़रा भी पसंद नहीं था। साथ ही वह अधिक विरोध करने की स्थिति में भी नहीं थी। उसका रूप-यौवन ढलने लगा था। उसके बीस साल का एक बेटा मुकन्दसिंह था।

वह जानती थी कि महाराजा चावलों का बना एक खास किस्म का दारू पीता है। कुछ अन्तराल के बाद उसे सौन्दर्य की ऊष्मा में भरी काया की आवश्यकता रहती है। फिर राजा तो राजा होता है। लुगाइयों की पल्टन न हो तो उसे हीनता का अनुभव जो होता है।

दोनों बहनों को अलग-अलग महल मिले। दोनों महलों के बीच फासला काफी था। एक ज़नानी-ड्योढ़ी के पहले नाके पर

और दूसरा अंतिम नाके पर। रूपादे के महल का नाम 'रीति महल' था और दीपादे के महल का नाम था—'प्रीति महल'।

सुहागरात!

इसी अनमोल रात्रि से ही दोनों बहनों में खिंचाव पैदा हो गया। रूपादे चाहती थी कि महाराजा पहले उसके साथ सुहागरात मनाएं। इसके लिए उसके पास तर्क भी था कि वह दीपादे से बड़ी है।

और दीपादे चाहती थी कि महाराजा पहले उसके साथ सुहागरात मनाएं, क्योंकि हर महाराजा का यह कर्तव्य होता है कि वह छोटी को अधिक लाड़ करें।

पर राजघराने के नियमों में बड़ी आखिर बड़ी होती है। उसका मान-सम्मान स्वाभाविक रूप से अधिक होता है। उसकी शक्ति भी अधिक होती है। छोटी पर बड़ी का हुक्म भी चलता है।

दोनों अपनी-अपनी डावड़ियों से चेष्टाएं-प्रचेष्टाएं कर रही थीं। यहीं पर दोनों की डावड़ियों की सूझबूझ का प्रश्न था। कौन ज़्यादा चालाक है, इसकी परीक्षा थी।

आखिर लूणी ने भीखी को मात दे दी।

जब महाराजा दारू पीकर ड्योढ़ी में जाने को तैयार हुआ तो लूणी ने महाराजा के सम्मुख सोने के थाल में कागज़ का एक टुकड़ा प्रस्तुत कर दिया और सिर झुकाकर कहा, "अन्नदाता! अब आप बेझिझक छोटी राणी दीपादे के महल में पधार सकते हैं। बड़ी राणी रूपादे ने अपनी ओर से यह अर्ज की है।"

महाराजा ने सुरा के बोझिलपन से दबी हुई अपनी भारी पलकों को खोला। उस कागज के टुकड़े को खोलकर पढ़ा—'श्री श्री एक हजार आठ महाराजा सा को दासी राणी रूपादे का पांवधोक बंचना। आप राज़ी-राज़ी छोटी राणी दीपादे के महल में पधार सकते हैं। मैं अपना हठ छोड़ रही हूं। आखिर बड़ी बहन को त्याग करना ही पड़ता है।'

महाराजा कागज़ पढ़कर मुसकराया। वह सीधा दीपादे के 'प्रीति महल' में चला गया।

दीपादे ने महाराजा को इतना आनंद दिया कि महाराजा उस-पर मोहित हो गया। वह दीपादे की वाक्पटुता पर भी मुग्ध हो गया। जब दीपादे ने केलि-क्रीड़ा सम्बन्धित कई उत्तेजक दोहे-चौपाये महाराजा को सुनाए तो तखतसिंह का तख्ता ही डोल गया।

दूसरे दिन सुबह ही महाराजा दीपादे और अपने दल-बल के साथ सात दिनों के लिए एक पहाड़ी पर स्थित 'तख्तगढ़' चला गया।

दीपादे ने ही उसे समझाया था, "किसी भी चीज़ का आनंद तभी आता है, जब उसे जी भरकर लिया जाए।···अन्नदाता! थोड़ा-थोड़ा बार-बार खाने से भूख थोड़े ही मिटती है!"

महाराजा तृप्त होकर लौटा था। उसे महसूस हो रहा था कि उसकी एक भूख मिट गई है।

आठवें दिन वह रूपादे के महल में गया। हालांकि रूपादे ने उसे आमंत्रण नहीं दिया था, पर उसने स्वयं अपना कर्तव्य व धर्म समझकर उसे कहला दिया।

वह महल में घुसा।

महल के द्वार पर डावड़ी ने उसका स्वागत किया। वह सिर झुकाकर बोली, "पधारिए, धणियों के धणी।"

महाराजा उसके और निकट गया। उसने देखा कि रानी के शयन-कक्ष में धीमा-धीमा प्रकाश है। रानी रूपादे के बाल खुले व बिखरे हुए हैं, वह ढोलिए (पलंग) पर निढाल पड़ी है।

महाराजा आशंका से भर आया। रूपादे के पास जाकर बोला, "क्या बात है राणीजी, आपकी तबीयत तो ठीक है! हमारे आने का कोई हरख नहीं?"

रूपादे ने कोई जवाब नहीं दिया। वह मरणासन्न-सी पड़ी रही।

महाराजा ने उसके बिखरे बालों में उंगलियां उलझाकर कहा, अरे, क्या बात है? आप मुझे तो मांदी (बीमार) लग रही हैं! अरे कोई है!"

भीखी तुरन्त हाज़िर हुई। सिर झुकाकर बोली, "हुक्म अन्नदाता!"

"भीखी! राणीजी की तबीयत तो ठीक है न?"

"जी, अन्नदाता!"

'फिर महल में यह मंदा-मंदा उजास क्यों? हमारे आने की खुशियां क्यों नहीं?"

भीखी विनम्र स्वर में बोली, "अन्नदाता! छोटे मुंह बड़ी बात कहने के लिए माफी चाहती हूं। जहां न्याय-कुन्याय में कोई भेद नहीं समझा जाता हो, वहां कैसी खुशी और कैसा रंज! आप बड़ी को छोड़कर छोटी के साथ···"

बीच में ही महाराजा नाराज़गी-भरे स्वर में बोला, "मैं तेरा मतलब नहीं समझा!"

"उस दिन राणीजी सोलह श्रृंगार करके आपको अडीकती रहीं, पर आप नहीं पधारे।" भीखी भावुक हो गई। वह खिड़की की राह अनंत तारों को अपनी दृष्टि में भरकर बोली, "उस रात राणीजी ने इस महल के चप्पे-चप्पे को सजा दिया था। सेज पर गुलाब के फूल···इस दरवाज़े से ढोलिये तक गुलाब के फूलों की बिछावट, ताकि महाराजा के पांव को कोई आघात न लगे। ढोलिये के चारों ओर इत्र के दीये, जिनसे महल महक रहा था। एक स्वर्ग जैसा माहौल। लेकिन जब राणीजी को यह मालूम हुआ कि महाराजा छोटी राणी के महल में पधार गए हैं तो इन्होंने सारा श्रृंगार मिटा दिया। दीये बुझा दिए। राणीजी ने मुझे पीट तक दिया।··· अन्नदाता! वह रात से यह रात; राणीजी ऐसे ही पड़ी हैं। भूख-

तिस बंद हो गई। बहुत ही हाथ जोड़ती हूं तो दो कौर खा लेती हैं।···तलवार का घाव मिट जाता है, पर बात का घाव नहीं मिटता।"

"तो क्या राणीजी ने हमें कागद (खत) नहीं लिखा कि आप छोटी राणी के पास चले जाइए?"

जी नहीं।" भीखी ने दृढ़ता से कहा।

कागद की बात सुनते ही राणी रूपादे तमककर बोली, "मैंने कागद लिखा? अरे वाह! उलटा चोर कोतवाल को डांटे। एक तो आप अन्याय करके छोटी राणी के महल में पधारें और तोहमत मुझपर लगाएं?"

"राणीजी! झूठ बोलने की मुझे क्या जरूरत पड़ी?" महाराजा स्नेहिल स्वर में बोला, "हम आपकी सौगंध खाते हैं कि लूणी डावड़ी हमारे पास आपका कागद लेकर आई थी, जिसमें आपने हमसे विनती की थी कि आप छोटी राणी..."

"तो लूणी वह कागद लाई थी?" वह घृणा से बिफरकर बोली, "रांडजायी की टांगें न तोड़ दूं तो मेरा नाम नहीं।"

महाराजा ने उसे शांत किया, "छोटी राणीजी की चालाकी की सज़ा बापड़ी डावड़ी को क्यों दे रही हैं?··· मैं असलियत समझ गया। अब गुस्से को थूकिए और हमारे खाने-पीने का प्रबन्ध कीजिए।"

महाराजा ने रूपादे को कई तरह के आश्वासन देकर राज़ी कर लिया।

रीति महल में इत्र के कई दीये एकसाथ प्रज्वलित हुए।

दीये महलों में जलते-बुझते रहते थे। एक महल का दीया जलता था तो दूसरे महल का दीया बुझ जाता था। यही क्रम चलता रहता–अनवरत और निरन्तर।

पर इन दीयों के जलने-बुझने से दीपादे और रूपादे का मन

थोड़े ही बदला। उनके बीच द्वष, तनाव और शत्रुता की दरार बढ़ती गई। वह तब और भी लम्बी व गहरी हो गई, जब रूपादे को यह मालूम हुआ कि दीपादे का पांव भारी है।

रूपादे घृणा-भरे स्वर में अपने ढोलिये पर कटे वृक्ष की भांति पड़कर कहा, "होगा, उसका पांव क्यों नहीं भारी होगा? महाराजा रात-दिन उस निगोड़ी के यहां ही तो पड़े रहते हैं।"

भीखी ने झट से कहा, "यदि छोटी राणीजी के बेटा हो गया तो महाराजा उसे आपसे अधिक सम्मान दे देंगे।"

रूपादे घृणा-भरे स्वर में बोली, "इस डाकण (डायन) ने सदा मेरे सुख में बाधा पहुंचाई है। सदा मेरी खुशियों के आड़े आई है। लेकिन मैं भी उसे देख लूंगी। जा, बडारनजी को बुलाकर ला।'' भीखी बडारन सूंडकी को बुलाने चली गई।

खोपड़ियों वाली गुफा

बडारन सूंडकी और रूपादे के बीच सम्बन्धों में दृढ़ता आती गई, लेकिन वह सब गुपचुप। किसीको कानोंकान यह खबर नहीं थी कि आजकल बडारन सूंडकी व रूपादे मिलकर कोई भयानक षड्यंत्र कर रही हैं—वह भी दीपादे के विरुद्ध।

दीपादे के लड़का हो गया था। पुत्र-जन्म की खुशी में महाराजा ने खूब खुशियां मनाई थीं। ढोलनियों के नाच, वेश्याओं के मुजरे और हाथियों की लड़ाई।

इस शुभ अवसर पर महाराजा ने चारण शंकर को तीन लाख का 'सिरोपांव' भेंट किया। चारण शंकर ने महाराजा का यशोगान किया। उसे दानवीर और दयालु राजा कहा।

दीपादे इस अवसर पर फूली नहीं समा रही थी। उसका बेटा उसपर गया था, अतः देखने में अत्यन्त ही सुन्दर और आकर्षक था। अब तो वह रूपादे को बार-बार अपमानित करती थी, पर

रूपादे ने इधर अटूट मौन धारण कर लिया था। वह दीपादे का जरा भी विरोध नहीं करती थी। कहीं भी निंदा नहीं करती थी। कहीं भी उसके अवगुणों का बखान नहीं करती थी।

वह उस सागर की तरह प्रशांत थी, जिसमें तूफान आने वाला होता है।

तो क्या रूपादे कोई नया तूफान लाने वाली थी? रूपादे का शांत रहना ही इस बात का प्रतीक था कि कोई महा अशांति मचने वाली है।

दोपहर का भोजन ज़नानी-डयोढ़ी के प्रायः सभी लुगाइयों ने कर लिया था। पर्दायतण माणकजी की डावड़ी उसका जूठा स्वादिष्ट भोजन बड़े चाव से खा रही थी। बडारन सूंडको रूपादे के कमरे में से बाहर निकली। वह सीधी किलेदार के पास पहुंची। उससे घुसपुस बातचीत की, फिर वह ड्योढ़ीदार पर एक मधुर मुसकान फेंककर किले के बाहर निकल गई।

उसने पीले रंग का घाघरा, ओढ़नी और कांचली कुर्ती पहन रखी थी। पग में लाल रंग की पगरखी।...पगरखी पर भारी-भारी चांदी की कड़ियां। सिर पर सोने का बोरिया। बोरिया के आसपास चांदी की लड़ियां। नाक में कांटा। कानों में बालियां और सुरलिये। उसका पूरा हाथ चूड़ियां और हाथीदांत के चूड़े से भरा था।

वह थोड़ी दूर पैदल ही चली। फिर उसने एक इक्का किया। इक्के पर छतरी-खोली लगवाई। वह उसमें छुपकर बैठ गई।

इक्के का कोचवान कोई माली था। बडारन का परिचित। विश्वासपात्र! उसने मैले-कुचले कपड़े पहन रखे थे। उसके सिर का साफा खाकी रंग का था। वह बूढ़ा था। उसकी बड़ी-बड़ी मूंछे उसके कानों की सोने की मुरकियों को छू रही थीं।

जब इक्का शहर के परकोटे से बाहर निकल गया तो लगाम थामे कोचवान ने पूछा, ''बडारनजी! किधर चलना है?''

बडारन भीतर से ही बोली, " 'अजय सागर' तालाब के पास।"

"वहां कहां?"

"बाबा जलंधरनाथजी की गुफा।"

कोचवान की आकृति की झुर्रियां सहसा गहरी हो गईं। वह डिचकारी मारकर बोला, "मैं उस गुफा के पास नहीं जाऊंगा। कहीं बाबा क्रोध में आकर मेरा नाश कर दे तो?"

"आप तो मेरे साथ चल रहे हैं।"

"फिर भी जानबूझकर आग में कौन हाथ डालेगा। जलने का पूरा अंदेशा है।"

"ठीक है।" बडारन ने बहस करना ठीक नहीं समझा। उसने एक बार खोली को ऊंचा करके देखा—शहर काफी पीछे छूट गया था। ऊबड़-खाबड़ रास्ता। कहीं डूंगर-सा ऊंचा और कहीं खाई-सा नीचा। उस ऊंची-नीची ज़मीन के बीच अजय सागर तालाब था, जो बारह मास पानी से भरा रहता था। आसपास के गरीब लोग व पशु उसमें पानी पीते थे। पशुओं के लिए 'गौ-घाट' नामक अलग घाट बनाया हुआ था।

तालाब के पीछे एक गहरी खाई थी। उस खाई के चारों ओर चट्टानें थीं। ये चट्टानें उसकी रक्षक थीं। उन चट्टानों के बीच ही बाबा जलंधरनाथ की गुफा थी। गुफा के ऊपर लाल रंग का झंडा, उस झंडे के पास लटकती हुई एक मानव-खोपड़ी।

जलंधरनाथ औघड़ तो नहीं, तगड़ा तांत्रिक था। मैले मंत्र जानने वाला। मंत्रों से रोग का निदान करने वाला। मंत्रों से स्वस्थ आदमी को बीमार करने वाला।

राजा और प्रजा, छोटे-बड़े अहलकार मुसाहिब कोई भी जलंधर बाबा के कार्यों में हस्तक्षेप नहीं करता था। सभी बाबा की मंत्र-शक्ति से आतंकित थे। उसके नाम के साथ वे अज्ञात भय से घिर जाते थे।

लेकिन बडारन सूंडकी का जलंधरनाथ से पुराना सम्बन्ध था।

यही कारण था कि वह निर्भीकतापूर्वक यहां आती-जाती थी और ज़नानी-डयोढ़ी में अपनी पक्षवाली राणियों को वह बाबा का समर्थन दिलाती थी।

बडारन सूंडकी अकेली ही उस गुफा के पास पहुंची। गुफा के आगे अत्यन्त ही कोमल मिट्टी पड़ी थी। उस मिट्टी में एक भी कंकर नहीं था। गुफा के दरवाज़े के ऊपर बंदनवार की तरह बकरों की खोपड़ियों की माला लटकी हुई थी। बांस की खपच्चियों का दरवाज़ा था। दरवाज़े के बीचोबीच एक घंटी लटक रही थी। यह घंटी कदाचित् बुलाने की घंटी थी।

बडारन ने उस घंटी को टन टन टन करके बजाया। फिर वह खड़ी रही—प्रतीक्षारत।

एक भैरवी आई—लाल वस्त्रों में लिपटी। उसने एक तहमद और एक चोगा पहन रखा था। वह बला की खूबसूरत थी। मांसल-बदनी-मृगलोचनी। वह बडारन को अच्छी तरह पहचानती थी। उसने मुलककर बडारन का स्वागत किया, ''पधारिए बडारनजी!''

"बाबा...?"

"वे साधना में लगे हुए हैं, थोड़ी देर में आते हैं, तब तक आप इधर बैठिए।"

बड़ी गुफा में एक छोटी गुफा थी। उस गुफा में एक भगवे रंग की जाजम बिछी थी। भगवे रंग के ही पीठ और गावतकिये। वह बहुत ठंडी थी। उसके चारों कोनों में एक-एक खोपड़ी लगी हुई थी।

दीवार पर एक चक्र बना हुआ था।

थोड़ी देर में भैरवी ने आकर कहा, "आपको गुरुजी पूजाघर में बुला रहे हैं।"

बडारन पूजाघर में गई। पूजाघर क्या था, मानो कोई प्रेत-घर हो। चट्टान में जगह-जगह छोटे-छोटे सुराख करके प्रकाश और हवा की व्यवस्था थी। सामने एक भैरव की विकराल आकृति वाली

मूर्ति। उस मूर्ति के दोनों ओर दुर्गा और काली की मूर्तियां। उन्हें सचमुच के नर-मुंडों की माला पहनाई हुई थी। इसके अतिरिक्त नारियल और एक नरमुंड ऐसा लग रहा था, जैसे बोलने वाला हो। तीन त्रिशूल।

जलंधर बाबा ने लाल वस्त्र पहन रखे थे। उसने गले में छोटी-बड़ी तीन रुद्राक्ष की मालाएं पहन रखी थीं। दारू का तो एक कोने में घड़ा ही भरा था। माथे पर त्रिपुंड। त्रिपुंड के बीच लाल सिन्दूर की रुपये के आकार की बिन्दिया। दाढ़ी-मूंछे। नेत्र तो अंगारों की तरह दप-दप कर रहे थे।

"पा लागी गुरुजी!" बडारन ने साष्टांग प्रणाम किया। भैरवी चली गई।

"जीती रह बडारन!" अत्यन्त ही दंभपूर्ण स्वर में बाबा बोला। उसने कमण्डलु में से पानी पिया। बडारन को उसकी बास से लग गया कि वह पानी नहीं, दारू है। फिर कमण्डलु रख दिया। पुनः बोला, "कैसे आना हुआ?"

गुरुजी! आपको बार-बार बतलाना पड़ेगा?"

बाबा मुसकराया। उसने अपने नेत्र मूंद लिए। बोला, "जब तक तेरी राणी रूपादे यहां नहीं आएगी, तब तक उसका काम नहीं हो सकता।"

बडारन ने अपने सौलहकली के घाघरे में हाथ डाला। उसमें से दो हार और सोने की मोहरें निकालकर रख दीं और विनीत स्वर में बोली, "गुरुजी! राणीजी ने यह पैसा भिजवाया है। उन्होंने अर्ज़ की है—गुरुजी तो अन्तर्यामी हैं। घट-घट की बात जानने वाले हैं। फिर मैं इतने सख्त पहरे में कैसे आ सकती हूं। कोई मेरे पास ऐसा काजल भी नहीं है, जिससे मैं गायब हो जाऊं।"

"जब तक वह नहीं आएगी, तब तक उसका काम नहीं हो सकता।" बाबा ने कठोर स्वर में कहा, "केवल पैसे से चमत्कारिक अनुष्ठान पूरे नहीं होते।"

बडारन ने गुरु के सामने कई तरह की प्रार्थनाएं कीं, पर गुरु नहीं माना। बडारन हताश होकर किले में लौट आई। उसने सारी बात रूपादे को बता दी।

रूपादे तड़पकर बोली, "नहीं-नहीं, गुरुजी मुझे निराशा नहीं कर सकते। उन्हें मेरा काम करना ही पड़ेगा।"

बडारन ने कहा, "जब तक आप गुरुजी की गुफा में खुद नहीं चलेंगी, तब तक गुरुजी आपका काम नहीं कर सकते।"

"मैं चलेंगी, गुरुजी की गुफा में चलूंगी।" रूपादे ने दृढ़ स्वर में कहा, "मैं दीपादे के सर्वनाश के लिए कुछ भी कर सकती हूं।"

बडारन ने हैरत से पूछा, "लेकिन आप चलेंगी कैसे? डावड़ी लूणी आपपर गिद्ध-दृष्टि जमाए हुए है।"

रूपादे ने गर्व से कहा, "बडारनजी! आप देखती जाइएगा कि मैं कैसे बाबा की गुफा में पहुंचती हूं। आप यहां मेरा भी चमत्कार देखिए।"

और सचमुच रूपादे ने चमत्कार कर दिया। एक सुबह जब ज़नानी-डयोढ़ी में सभी डावड़ियां, राणियां और पर्दायतणें-पासवानें व्यस्त थीं तब रूपादे डावड़ी के जीर्ण-शीर्ण वस्त्र पहनकर और सिर पर मैले कपड़ों की गांठ रखकर, किंचित् घूंघट निकालकर चुप-चाप खिसक गई। वह बड़ी व्यस्तता का समय था। किसीको ज़रा भी संदेह नहीं हुआ।

उसके पीछे-पीछे बडारन निकल गई। दोनों उसी इक्के पर चढ़कर बाबा की गुफा पर पहुंचीं। बाबा बड़ा ही प्रसन्न हुआ। उसने महापूजन का आयोजन किया। ग्यारह बकरों की बलि! उसने भैरव व काली-दुर्गा की मूर्तियों को रक्त-स्नान कराया। इसके बाद उसने भैरवी और बडारन को पूजाघर से बाहर निकाल दिया।

रूपादे को एक ऊंचे आसन पर बिठाया। उससे कहा, "राणी रूपादे! मेरी आंखों में देखो, गौर से देखो, घुर-घूरकर देखो।"

रूपादे जलंधर को अपलक देखती रही।···जलंधर मंत्र-जप करता रहा। हाथों से अजीब-से संकेत करता रहा।

फिर वह उठा। उसने कमण्डलु से दारू पिया। रूपादे को कहा, "खड़ी हो जा।"

रूपादे खड़ी हो गई। गुरु के होंठों पर अर्थभरी-थूकभरी मुसकान दपदप चमकने लगी। वह रूपादे के पास आया। उसके इकहरे बदन पर अपनी खुरदरी हथेली को फेरकर बोला, "रूपादे! तुम अपना एक-एक इत्र उतार दो।"

रूपादे ने यंत्रवत् ओढ़ना, कांचली-कुर्ती और घाघरा खोल दिया। अब वह निर्वस्त्र थी।

बाबा ने उसे एक घिनौनी मुद्रा में बिठा दिया और मंत्र-जप करने लगा। फिर उसने रूपादे को आलिंगन में ले लिया।

रूपादे लौट आई। यदि उसके जिस्म में पीड़ा नहीं होती तो वह यह भी नहीं जानती कि वह पर-पुरुष की अंकशायिनी हुई है। अपना सर्वस्व लुटाकर उसे अपने-आपपर, बहुत ग्लानि हुई। वह बीमार-सी पड़ी रही। उसे खाना-पीना कुछ भी रुचिकर नहीं लगता था, लेकिन आहिस्ता-आहिस्ता उसमें एक नया उत्साह जन्मने लगा। उसकी अंखियों में एक नई चमक पैदा हो गई। उसे विश्वास हो गया था कि गुरुजी दीपादे के बच्चे को मार डालेगा और एक ऐसी भस्म बना देगा, जिससे दीपादे फिर कभी भी अपनी कोख नहीं भर सकेगी।

इसीका उसे तोष-परितोष था, जिसके कारण वह अपने पाप को भूल रही थी।

एक दोपहर की बात है।

दीपादे पर्दायतण रेसमा के यहां बैठी-बैठी चौपड़ खेल रही थी। रेसमा ने उसे एक बाज़ी हरा दी थी और एक बाज़ी दीपादे ने। लूणी प्रीति महल में बैठी-बैठी अपने घाघरे के टाका लगा रही थी। दीपादे के बेटे कंवर सोवन का एक धाय-मां बैठी-बैठी कपड़े

के बने ऊंट, हाथी और घोड़ों से मन बहला रही थी।

एक अजीब-सी आवाज़ खन्न-खन्न करती हुई धूप-भरे आकाश में सुनाई पड़ रही थी, जैसे कोई पखेरू चीखता हुआ उड़ रहा हो। उसने देखा कि कोई पक्षी था। पता नहीं, यह अज्ञात पक्षी कौन था?

एकाएक बच्चा रोने लगा। धाय-मां ने उसे दूध पिलाया, पर बच्चा चुप नहीं हुआ। वह दहाड़ मार-मारकर रोने लगा। आखिर धाय ने लूणी को आवाज़ दी। लूणी आई। लूणी घबराकर दीपादे के पास गई। दीपादे प्रसन्नता में कौड़ियां का दांव फेंक रही थी। वह बोली, "पच्चीस!"

तभी लूणी ने आकुल स्वर में कहा, "राणीजी···राणीजी··· कंवर सा ज़ोर-ज़ोर से रो रहे हैं!"

दीपादे उठ गई और लपककर अपने महल में आई। उसने बच्चे को लाख चुप करना चाहा, पर वह चुप नहीं हुआ। राजवैद्य को बुलाया गया। उसके आते ही दीपादे के बच्चे को कै होने लगी। सारे महल में चिंता व्याप्त हो गई। धाय तो रोने लगी। लूणी आशंका से घिर गई।

राजवैद्य ने कई औषधियां दी, पर बच्चे पर कोई असर नहीं हुआ। उसने भी आश्चर्यमिश्रित पश्चात्ताप-भरे स्वर में कहा, "भयानक से भयानक पेट का दर्द और उलटियां इस औषधि से ठहर जाती हैं, पण इस कंवर सा के···?" उसने हताश होकर सिर झुका लिया।

तभी बडारन सूंडकी आई। लूणी को सूंडकी और रूपादे की दोस्ती का पता था। उसे यह भी संदेह था कि राणी रूपादेजी का बडारनजी समर्थन करती है।

उसने भी नितान्त औपचारिकता के शब्दों का प्रयोग किया, "यह एकाएक कंवर सा को क्या हो गया?···हे राम'' उलटी ठहरती ही नहीं!···वैद्यजी, कुछ कीजिए···फूल-सी कंवली जान···"

लूणी उसके चेहरे के भावों को पढ़ती रही। उसे लगा कि यह अभिनय कर रही है। यह सहानुभूति के प्रदर्शन का ढोंग कर रही है।

और बडारन चुपचाप वहां से खिसक गई। बैठी-बैठी लूणी को क्या सूझा कि उसने अपनी साथ वाली डावड़ी किसनी से कहा, "तू बडारन का पीछा कर कि वह कहां जाती है।"

किसनी बडारन के पीछे-पीछे लुकती-छुपती हुई चल पड़ी, पर वह उसका अधिक पीछा नहीं कर सकी। उसका तो इक्का तैयार था, इसलिए वह उसमें बैठकर चल गई। घोड़ा सरपट भाग रहा था। थोड़ी ही देर में इक्का जलंधर की गुफा के पास पहुंच गया। सूंडकी सीधी गुफा में चली गई। भैरवी उसे पूजाघर में ले गई। बाबा जलंधर भैरव के सामने आटे का एक पुतला रखे हुए था। उस पुतले के पेट और गले में राजस्थानी जानवर सोहे के शरीर पर उगे हुए कांटे डाले हुए थे। कुछ कांटे पुतले के आगे पड़े थे।

बाबा ने अपनी भयानक दृष्टि बडारन पर डालकर पूछा, "क्यों, तेरे कंवर सा के क्या हाल-चाल हैं?"

"वह तो छिपकली की कटी पूंछ की तरह तड़प रहा है। उलटियां हो रही हैं।"

जलंधर राक्षसी हंसी हंसा। उसकी आकृति एक खूखार पाशविकता से भर गई। आंखें हिंस्र सिंह की तरह दहक उठीं। भारी-भरकम स्वर में बोला, "देखा मेरा चमत्कार!" उसने पुतले के जिस्म से वे दोनों कांटे निकाल लिए।"

बडारन गद्गद हो गई। बोली, "पूरा काम कब होगा?"

"तू वहां पहुंच। उसके चंद पलों बाद तेरा कंवर इस संसार को छोड़कर चला जाएगा।"

बडारन लौट आई। उसे बड़ा आश्चर्य हुआ कि कंवर बिलकुल चुप है। वह पूर्ववत् खेल रहा है।

बडारन के भीतर की डाकण कुटिलता से मुसकरा पड़ी। वह रूपादे के महल में चली गई। रूपादे उसे देखते ही लाल-पीली होकर पांव पटककर बोली, "क्या हैं आपके गुरुजी? दीपादे का कंवर तो हंस-खेल रहा है।"

वह खलनायिका की तरह मुसकराई। उसके स्वर में विश्वास था। एक अनागत अमंगल को जानने की स्वीकृति थी। बोली, "सिर्फ चंद घड़ी के लिए। राणीजी! मुझे मोतियों का 'सतलड़ा' हार पहनाइए। कंवर सा इसलिए चुप है, क्योंकि उसने वे मृत्यु-शूल उसके पुतले के पेट-गले से निकाल लिए हैं।"

"क्या मतलब?"

बडारन ने सारी बात बता दी। रूपादे सारी बात सुनकर कली की तरह खिल गई। उसने बडारन को अपने हाथ की अंगूठी दे दी। बडारन ने आंचल में डाल ली।

और उसके चंद घंटे बाद दीपादे का बच्चा एकाएक बेहोश हो गया, क्योंकि जलंधर नाथ ने उन कांटों को मुट्ठी में बंद करके 'मूंठ'* मार दी। मूठ कंवर पर पड़ी। वह अचेत हुआ, सो फिर चेते में नहीं आया। बेचारा बेमौत मर गया।

दीपादे के प्रीति महल में हाहाकार मच गया। दीपादे सिर पटक-पटककर रोने लगी। उसे स्वयं पटरानी और अन्य रानियों ने आकर सांत्वनाएं दीं। रूपादे भी एक पल के लिए आई। औपचारिकताएं निभाकर चुपचाप चली गई।

कंवर के शव को श्मशान-भूमि की ओर ले जाया गया।

षड्यंत्र की ओर

प्रीति महल में सोग-भरा सन्नाटा पसर गया। दीपादे ने अपने कक्ष में दीया तक नहीं जलाया। वह घोर तिमिर में प्रेतात्मा की

* 'मुंठ' एक घातक मंत्र-प्रेरणा। लेखक इससे सहमत नहीं है।

तरह बैठी थी। उसने अन्न-जल तक ग्रहण नहीं किया। मर्मान्तक वेदना में वह दग्ध हो रही थी। उसे बार-बार अपना सुन्दर बच्चा याद आ रहा था। वह बार-बार सुबक पड़ती थी।

जब दीपादे ने अन्न-जल ग्रहण नहीं किया तो लूणी कैसे करे? उसे भी तो लोक-दिखावा करना है। फिर इन डयोढ़ियों के गुलामों का अस्तित्व अपने स्वामियों के साथ होता है।

महल के बरामदों में मशाल जल रही थीं। लूणी अपने-आपको काफी संयत करके दीपादे के पास आई। उसने अत्यन्त ही कोमलता से दीपादे के कन्धे पर हाथ रखा। दीपादे के शरीर में सरसराहट हुई। हलका कम्पन हुआ।

"कुण है?"

"मैं हूं राणीजी! आपकी लूणी।"

फिर वही गहरा मौन। वही स्थिर पल-क्षण।

"थाल लाऊं?"

"मुझे थाल की जगह घणासारा 'कसूम्बा' (अफीम का घोल) लाकर दे दे। पीकर सो जाऊंगी तो सारे दुःख-झंझटों से मुक्ति पा जाऊंगी।"

"इस तरह जी छोटा करने से क्या होगा?" लूणी गंभीर विगलित स्वर में बोली, "जो होना था, वह तो हो गया। जो चला गया, वह वापस नहीं आने का।...यह जीवन-मरण का चक्कर है। चलता ही रहेगा। लेकिन मरने वाले के पीछे मरा तो नहीं जाता।"

दीपादे ने तड़पकर कहा, "मैं मरना चाहती हूं। लूणी! तू नहीं जानती कि मेरे कलेजे में कितनी भयंकर लपटें जल रही हैं? देवी मां! तू मुझे उठा ले।...मुझसे अपने लाडले की मृत्यु का दुःख नहीं सहा जाता।"

लूणी डावड़ी थी। उसका जन्म ही डावड़ी के पेट से हुआ था। वह परम्परागत डावड़ी थी। उसे गुस्से में गोली रांड, गोली

री जायोड़ी, करमफूटी, न जाने क्या-क्या कहते थे! पर वह बचपन से ही अपराध मनोवृत्ति की थी। चालाक और तेज़ थी। चुगलखोर थी। षड्यंत्रकारी थी। वह पढ़ना-लिखना जानती थी। उसका रंग-रूप साधारण था। वह मांसल अवश्य थी। उसकी आंखें अत्यन्त कामुक थीं। उसकी अपनी नसों में ठाकुर का रक्त था।

उसने किसनी को भेजकर तुरन्त यह पता लगा लिया था कि बडारन कंवर की बीमारी के समय किले से बाहर गई थी। उसने किसनी द्वारा यह भी पता लगा लिया था कि जब सारा किला और नगर राजकंवर की अकाल मृत्यु के शोक में संतप्त था, तब रूपादे अमल (अफीम) खाकर दूध का कटोरा पी रही थी। किसनी ने ही लूणी को बताया था—'लूणी! मैंने अपनी आंखों से देखा कि राणी रूपादेजी अमल लेकर हंसी। एक प्रतिशोध-भरी हंसी। फिर बोली, दीपादेजी का सारा घमण्ड चूर-चूर हो गया है। बेटा जनकर न जाने वह अपने-आपको क्या समझने लगी थी! एक झटके में उसका लाडला राम-नाम सत हो गया। यदि दूसरा झटका लगा तो खुद दीपादेजी भी उस लोक पहुंच जाएगी।'··· "मैं तो सुनकर कांप उठी। अवश्य राणी रूपादेजी मैले मंत्र करने लगी है। ···राणीजी! मैं तो आपके पांवों की धूल हूं। कहते हुए मेरा भी सिर शर्म से झुक जाता है···फिर राणी रूपादेजी ने दूध का कटोरा भरकर पिया···ये सारी बातें इसी बात का इशारा करती हैं कि इसके पीछे राणी रूपादेजी की कोई कुनीति है।"

दीपादे अपने मन की पीड़ा सहसा भूल गई। इतनी बात सुनते ही वह रूपादे के प्रति घृणा से भर गई। सोच बैठी कि ज़रूर कोई रूपादे की ही कुनीति है, वरना मेरा बेटा एकाएक नहीं मरता।

"पर उसने कुनीति क्या की?" दीपादे ने पूछा।

लूणी ने अपनी कामुक आंखों में एक अजीब-सा कम्पन किया, जिसे अंधेरे में कोई नहीं देख पाया। उसने झट से पूछा, "हुक्म हो

तो दीया जला लें?"

दीपादे ने कोई जवाब नहीं दिया। मौन को ही स्वीकृति समझकर लूणी ने एक छोटा दीया जलाया। उसकी बत्ती की ज्योति को मंदा किया। फिर दीपादे के पास बैठकर बोली, "कुनीति यह है कि जब अपने कंवरजी बिना पानी की मछली की तरह तड़प रहे थे तो बडारनजी किले से बाहर गई। उसने इक्का किया। मुझे लग रहा है कि राणी रूपादेजी से बडारनजी मिली हुई है। अपने कंवरजी की मृत्यु में इन दोनों की ही मिली-भगत है।"

"यह क्या कर सकती है?"

"क्सिनी बता रही थी कि जलंधर बाबा का नाम राणी रूपादे-जी ने लिया था।"

"क्या कहती हो? वह तो बहुत बड़ा तंत्र-मंत्र ज्ञाता है।"

लूणी ने दृढ़ता से कहा, "मैं जहां तक समझती हूं, इस जलंधर बाबा ने ही रूपादेजी के कहने पर अपने कंवर पर कुछ जादू-टोना किया है।"

"मुझे इसका पक्का पता करके दो।'

"जो हुक्म।" लूणी ने विश्वासपूर्वक कहा। उसने अपनी पलकों को झपकाकर कहा, "राणीजी, मैं आपके हाथ जोड़ती हूं। आपके पांव पड़ती हूं, थोड़ा-सा खा लीजिए।"

"नहीं लूणी! मुझसे एक कौर भी नहीं खाया जाएगा। मुझे थोड़ा-सा अमल दे, ताकि मैं खाकर सो जाऊं, वरना मुझे तो नींद भी नहीं आएगी।"

लूणी ने थोड़ा-सा अमल लाकर दिया। उसे खाकर दीपादे सो गई।

लूणी दीपादे के पास ही फर्श पर सो गई।

दोनों गहरी नींद में सो गई।

तांत्रिक का कत्ल

लूणी ने अपनी गतिविधियां तेज़ कर दीं। उसमें सहायक बना उसका बचपन का प्रेमी मुंशी सीताराम। सीताराम में ठाकुर मानसिंह का रक्त था। उसकी मां ठाकुर के महल में थी। मानसिंह ने जीवन-भर उसे अपने पति के संग एक बार भी नहीं सोने दिया। लूणी सीताराम से बचपन से ही प्रेम करती थी।

सीताराम मुंशी था। वह हिन्दी, उर्दू, फारसी और अंग्रेजी भी जानता था। राजा पृथ्वीपालसिंह के यहां एक मुंशी बेनीसहाय था, उसने उससे अत्यन्त ही मनोयोगपूर्ण ढंग से विद्या-अध्ययन किया था। राजनीति के दांव-पेंच सीखे थे। जब दीपादे-रूपादे का विवाह हुआ तो मुंशी सीताराम भी चुपके से यहां आ पहुंचा। सीताराम ने यहां आकर 'महकमा खास' में काम कर लिया। उसके कार्य से सभी संतुष्ट थे। दीवान भंवरसिंह भी।

सीताराम नगर के एक मकान में रहता था। यह मकान किसी सेठानी का था। वहां लूणी कभी-कभार आ जाती थी। तब वे प्यार में खो जाते थे।

उस दिन लूणी जब सीताराम के घर पहुंची तब वह कोई फारसी पुस्तक पढ़ रहा था। लूणी ने घर में प्रवेश करते ही कहा, "मुंशीजी ने मुजरो करूं।"

"आ लूणी, आ, बड़ी देर कर दी। मैं तो आज सुबह से ही तुझे अडीक रहा हूँ।"

"आप तो जानते ही हैं मुंशीजी, डयोढ़ी से निकलना कितना दोरा (कठिन) है। मैं आपसे आज एक खास सलाह करने आई हूं।"

"फरमाइए। भीतर के 'ओरे' में चलिए।"

"ओरे में अंधेरा होगा।"

"इत्तो घणो अंधेरा तो नहीं है। फिर अपने को मोती थोड़े

ही पोवणे हैं। उजास तो है ही। वहां हमें कोई खतरा नहीं है।"

लूणी सीताराम के साथ 'ओरे' में आ गई। ओरे में आते ही सीताराम ने उसका हाथ पकड़ लिया। उसे अपने आलिंगन में आबद्ध करके कहा, "लूणी, तू सचमुच नमकीन है।"

"तभी तो मेरा नाम लूणी (नमकीन) है।" सहसा वह उसकी बांहों से मुक्त होकर बोली, "अरे, आप छोड़िए न! आपके पास तो बस एक ही भजन है!"

"यही तो असली भजन है।"

"दरवाज़ा?"

"बंद है।"

कुछ क्षण के लिए वे दोनों ओरे के धुंधलके में खो गए। फिर सीताराम ने पूछा, "क्या खास बात है?"

"आप तो जानते ही हैं कि राणी दीपादेजी का लाडेसर एका-एक चल बसा है। ज़रूर इसमें कोई कुनीति है। रूपादेजी ने बाबा जलंधर से मिलकर कोई मैला मंत्र कराया है, उसीसे कंवर सा की मृत्यु हुई है।"

"फिर?"

"फिर आप कोई ऐसा चमत्कार करें कि हमारा सभी लोहा मान लें।"

सीताराम ने कुछ सोचा। सोचकर कहा, "पहले मैं यह पता लगाऊंगा कि रूपादे का जलंधरनाथ से क्या सम्बन्ध है। यह सही है, जलंधर में कोई पिशाच-शक्ति है। उससे हम सबको सावधान रहना चाहिए।"

"आप ठीक कहते हैं।"

"तुम कामदार ठाकर राजमल को अपने वश में करो। बिना कामदार के तुम अपनी शक्ति को कभी नहीं बढ़ा सकतीं। उससे मेरी जान-पहचान कराओ।"

"यह काम मैं कर लूंगी।"

सीताराम ने बीमारी का बहाना करके नौकरी से छुट्टी ले ली। उसने जाट का भेष बना लिया। वह अजय सागर पर बैठकर लकड़ियां तोड़ने लगा। एक दिन उसने बडारन सूंडकी को देखा। उसके साथ एक सोलह साल की कोई सुन्दर युवती थी। उस सुंदर युवती के साथ वह जलंधर की गुफा में प्रविष्ट हो गई। सीताराम ने सोच लिया कि तांत्रिकों की तंत्र-साधना के लिए स्त्रियों का प्रयोग होता है, इसी सिलसिले में बडारन इस गौरांगी को यहां लाई है। इसका मतलब साफ है कि बडारन का तांत्रिक जलंधरनाथ से संबंध है, लेकिन उसने उस ओर जाने का साहस नहीं किया।

यह सही है कि जीवन में अनेक विचित्रताएं हैं। कितने ही ऐसे पल हैं, जो जोग-संजोगों से लिप्त होते हैं, कार्य-कारण से संबंधित होते हैं।

सीताराम कामदार ठाकुर राजमल से मित्रता करना चाहता था और संयोग से वह सुन्दर षोडशी कामदार की बेटी ही निकली, जिसे बडारन बहला-फुसलाकर जलंधर के पास ले आई थी। राजमल को अपनी बेटी के खो जाने का दुःख था, पर उसने इज़्ज़त के भय से अपने मुंह के पट्टी बांध ली। वह आकुल-व्याकुल रहने लगा। उसका मन उखड़ा-उखड़ा रहता था।

लूणी उसकी मनःस्थिति समझ गई।

आखिर उसने कामदार को पूछ ही लिया, "खम्भा धणियां! आजकल आप उदास-उदास रहते हैं। आपका किसी काम में मन नहीं लगता।"

"यूं ही।"

"दाई से पेट छुपा नहीं रह सकता। मैं आपका चेहरा देखकर कह सकती हूं कि आपके हृदय में बासती जल रही है।··· आपको मेरी सौगंध, जो अपना दुखड़ा नहीं कहा तो। कामदारजी, कहने से पीड़ा कम हो जाती है।"

निरन्तर कसमें खाने के बाद कामदार ने लूणी को बताया, "लूणी! आज चार दिन हो गए हैं, घर से मोट्यार जवान छोरी के गुम हुए। घरवाली ने तो अन्न-जल भी छोड़ दिया है। मैं भी कैसे अपनी जांघ उघाड़ूं। खुद की इज़्ज़त जाएगी न?"

"हे दीनानाथ, यह तो आपने बड़ी बुरी खबर सुनाई।"

"तू मेरी बात अपने पेट में ही रखना।"

"आप चिंता न करें।" और लूणी सीधी सीताराम के पास गई। उसने कामदार की व्यथा-कथा सीताराम को बताई। सीताराम ने झट से कहा, "लूणी! वह लड़की तो जलंधरनाथ की गुफा में है।"

"आप क्या कह रहे हैं?" वह चौंक पड़ी।

"मैं सही कह रहा हूं।" सीताराम ने कहा, "तुम कामदारजी को मेरे पास फौरन भेजो।"

लूणी ने कामदार को कहा, "आप तुरन्त ही सीतारामजी से मिलिए।" और उसने संक्षिप्त में सारी स्थिति बता दी। कामदार सीधा सीताराम के पास गया।

सीताराम ने सारी बात बताई। किस समय बडारन उसकी बेटी को ले गई, वह भी समय बताया।

"फिर?"

सीताराम में जो रक्त था, वह ठाकुर बड़ा ही योद्धा, खूंखार और क्रूर था। साथ ही बहुत कूटनीतिज्ञ। उसकी धमनियों में वही रक्त प्रवाहित हो रहा था।... उसने झट से कहा, "हमें जलंधर का काम तमाम कर देना चाहिए वरना ठाकर सा, वह आपकी ऐसी बदनामी कर देगा कि आपके सारे कुटुम्ब को विष खाकर मरना पड़ेगा।"

"पर वह तांत्रिक है। कहीं..."

"देवता हो या पिशाच, मौत के सामने सभी लाचार होते हैं।"

"तो..."

"आप यहां आ जाइए। रात के ठीक दस बजे।"

"हुक्म !"

और रात को ठीक दस बजे कामदार और सीताराम छुपकर गुफा के निकट पहुंच गए। वहां पर मरघटी सन्नाटा पसरा हुआ था। दोनों के पास तलवारें थीं। मुंह को साफों से ढक रखा था।

गुफा का दरवाज़ा बंद था। उसमें मशालें जल रही था। वे दोनों आहिस्ता-आहिस्ता पूजाघर की ओर बढ़ गए। पूजाघर में तेज़ प्रकाश था। उस तेज़ प्रकाश में उन्होंने जो उत्तेजक दृश्य देखा तो नज़रें झुका लीं।

कामदार की बेटी एकदम नग्न थी। हवन हो रहा था। भैरवी भी नग्न थी।

सीताराम ने कामदार की ओर संकेत किया। उसने सिर झुका लिया। सीताराम ने उसका हाथ पकड़कर इशारे से समझाया कि एक ही झटके में सिर उतार दीजिए।'

कामदार की रगों में खून उबल रहा था। उसने आहिस्ता-आहिस्ता म्यान से तलवार निकाली और अत्यन्त त्वरा से उसने मंत्रोच्चारण में लीन जलंधर की गर्दन पर प्रहार कर दिया। प्रज्वलित होमाग्नि में सिर की आहुति लग गई। भैरवी बाहर की ओर जाने लगी। सीताराम ने उसे रोक दिया, "तुम कहां जा रही हो ? तुम्हारी आहुति भी तो..."

कामदार ने अपनी बेटी को झिंझोड़ा। कुछ देर के बाद सम्मोहित बेटी होश में आई। चिन्मय होते ही उसने अपनी हथेलियों में अपने शरीर को छुपा लिया। कामदार ने अपने साफे से उसकी सारी काया को ढका।

भैरवी नग्नावस्था में ही प्रार्थना कर रही थी, "मैं निर्दोष हूं। परवश हूं। लाचार हूं। मुझे आप क्यों मार रहे हैं ?"

कामदार ने दांत पीसकर कहा, "इस रांड को भी मारकर इस तमाशे का अंत कर दीजिए।"

सीताराम ने कहा, "नहीं कामदारजी, यह भी बापड़ी आपकी बेटी की तरह मजबूर है।" फिर उसने भैरवी को वस्त्र पहनने के लिए कहा। जब उसने वस्त्र पहन लिए तो सीताराम ने कहा, "भैरवी! तुम इसी पल यह जगह छोड़कर चली जाओ। यदि तुमने इधर मुड़कर भी देखा तो मैं तुम्हें ज़िंदा ज़मीन में गड़वा दूंगा।"

"मैं इस कांकड़ (सीमा) में मरकर भी कदम नहीं रखूंगी।" और उस सीमा के लिए भैरवी रात के अंधेरे में सदा-सदा के लिए विलीन हो गई।

कामदार अपनी बेटी को घर ले आया। बेटी ने उसे बताया कि बडारनजी उसे अपने साथ घूमने का बहाना बनाकर ले गई थी और उसे इस गुफा में फंसा दिया था। वह पवित्र है। मां गंगा की तरह पवित्र!

कामदार का रजपूती खून खौल उठा। वह बार-बार अपनी मूंछों पर ताव देकर सोच रहा था कि बडारन ने उसकी इज़्ज़त पर हाथ डाला है।··· फिर उसे सीताराम की बात याद आई कि यदि यह बडारन जीवित रही तो आपकी बेटी की इज़्ज़त कभी नहीं बच सकती। वह मादरकाढ़ कहीं न कहीं इसका ज़िक करेगी ही।

और कामदार व सीताराम दोनों बडारन पर घात लगाकर बैठ गए। दूसरे दिन ही बडारन इक्के पर सवार होकर जलंधर की गुफा में गई। कामदार पिछले रास्ते से वहां पहुंच गया। सीताराम उसके साथ था। बडारन जैसे ही गुफा में घुसी, वैसे ही कामदार ने उसे घेर लिया।

"कुण हैं?"

"पहचाना बडारनजी, मैं हूं कामदार राजमल!"

"आप यहां कैसे?"

"कान में कौर मत लीजिए। बताइए, मेरी बेटी कहां है? उसे किसने···?"

"मुझे नहीं मालूम!"

"हरामज़ादी, अभी बताता हूं!" वह उसे पकड़कर भीतर ले गया। जलंधर को मरा हुआ देखकर बडारन चीख पड़ी। उसकी लाश को हज़ारों चीटियां चिपक गई थीं। बदबू भी देने लगी थी।

"तेरा गुरु तो मर गया है, अब तेरी बारी है। बता, यह सब तूने क्यों किया? सच-सच कह देगी तो मैं तुझे माफ कर दूंगा।"

"मैंने यह सब राणी रूपादेजी के कहने पर किया। उन्होंने मुझे खूब धन···"

"मिनखमारणी, ठहर, मैं तुझे भी तेरे गुरु के पास पहुंचाता हूं।" कहकर कामदार ने बडारन का गला दबोच लिया। वह उसका गला दबाता ही गया। वह छटपटाई। उसके मुंह से अजीब-सी घरघराहट सुनाई पड़ी। उसकी आंखें फट गईं। उसे वहीं छोड़कर वे दोनों लौट आए।

सीताराम ने कामदार से कहा, "अब आपकी बेटी के बारे में कोई कुछ भी नहीं जान पाएगा।"

"मैं आपका जीवन-भर ताबेदार रहूंगा।"

सीताराम ने हंसकर कहा, "मुझे शर्मिंदा मत कीजिए।"

दोपहर ढल रही थी।

बेटे व बहू की हत्या

लूणी अपनी सफलता पर फूली नहीं समाई। उसकी आकृति पर अहंकार पसर गया। स्वयं रानी दीपादे भी उससे भीतर ही भीतर डरने लगी।··· उसे लगा कि ज़रूर यह कोई असाधारण डावड़ी है। लूणी प्रीतिमहल के एक कक्ष के सम्मुख मूंज के पीढ़े पर बैठी थी।

वह सोच रही थी कि कामदार तो उसके हाथों की कठपुतली बन गया है। वह अपने अपराध को तब तक ही छुपा सकता है,

जब तक हम अपना मुंह न खोलें। लेकिन जैसे सीतारामजी कह रहे थे, उस हिसाब से कुछ और चमत्कार होना चाहिए।

तभी रानी दीपादे ने उसे पुकारा, "लूणी, ओ लूणी !"

लूणी लपककर रानी दीपादे के पास पहुंची। वह झुककर बोली, "हुक्म !"

"लूणी ! जब तक तू रूपादेजी से बदला नहीं लेगी, तब तक मेरी आत्मा को शांति नहीं पहुंच सकती। इस डायन ने मेरे लाडले की हत्या कर दी और जैसाकि मुझे विश्वास है, मेरा पांव फिर भारी है।"

"मैं रूपादेजी को ही नहीं, सबको ठिकाने लगा दूंगी।" लूणी ने आत्मविश्वास से कहा, "इसके लिए मुंशी सीतारामजी से बातचीत करूंगी।"

"यह कौन हैं ?"

"अपने महकमा खास में काम करते हैं। राणीजी ! यह उनकी ही कृपा समझिए कि आज दुष्ट जलंधर और हत्यारिन बडारन इस संसार में नहीं हैं।"

"मैं सीतारामजी को मुंहमांगा इनाम दूंगी।"

"वे लालची नहीं हैं।"

"फिर भी... !"

लूणी ने गर्वित स्वर में कहा, "राणीजी ! वास्तव में वे इस रियासत के दीवान बनने लायक हैं। आप महाराजा के सामने उनकी हर घड़ी प्रशंसा करती रहिए।...उनके कानों में निरन्तर सीतारामजी का नाम डालती रहिए, ताकि महाराजा के मन में यह नाम बस जाए।"

"मैं ऐसा ही करूंगी।"

लूणी हर घड़ी ज़नानी-डयोढ़ी की गतिविधि पर ध्यान रखने लगी। उसकी सहायिका किसनी तो जासूस हो गई। बड़ी दौड़-धूप के बाद एक रोज़ किसनी ने बताया, "लूणी बाई ! आजकल

रूपादे और पाटवी कंवर मुकन्दसिंह में खूब बनती है। वे चार पहरों में तीन पहर रूपादे के पास जाते हैं। उनसे हंसी-ठिठोली करते हैं, चौपड़-पासा खेलते हैं।"

लूणी इस बात को लेकर सीताराम के पास गई। वह सारी बात सुनकर गंभीर हो गया। वह तो जन्म से ही इन सामन्तों का विरोधी था। उनके लिए घृणा व कुटिलता उसकी नस-नस में बसी हुई थी। उनकी भलाई के बारे में शायद वह सोच भी नहीं सकता था, पर उनकी बुराई की पराकाष्ठा को वह एक पल में छू लेता था।

उसने सारी बात सुनकर लूणी को षड्यंत्र की आरंभिक बातें बताई।

उसी दिन ज़नानी-डयोढ़ी में एक नई बात फैली। पाटवी कंवर सा राणी रूपादेजी के महल में बार-बार जाते हैं। उनका राणीजी से खोटा रिश्ता है। यह बात चंद ही दिनों में इतनी फैल गई कि स्वयं महाराजा के कान तक पहुंच गई। महाराजा का मन पीड़ा और ग्लानि से भर आया। वह चाहकर भी नहीं बोल पाया। मन ही मन घुटता रहा।

किसीने कहा है कि झूठ को बार-बार दोहराने से वह सत्य लगने लगता है। यही हाल महाराजा का इस संदर्भ में था। आत्मा की हज़ारों आवाज़ें कहती थीं—'यह बात झूठ है। मेरा खून इतना सफेद नहीं हो सकता। कंवर सा इतने पतित नहीं हो सकते,' पर कहीं कोई आवारा आवाज़ गूंजती थी—'कहीं यह सच न हो?'····इसके साथ महाराजा महापीड़ा से संत्रस्त हो जाता था। उसकी निगाह तलवार पर चली जाती थी।

उस रात जब महाराजा दीपादे के महल में गया तो वह उसे मर्द नहीं बना सकी। दीपादे समझ गई कि महाराजा को किसी बात या विचार ने निर्वीर्य बना दिया है। वह महाराजा की गोद में लेटकर बोली, "क्या बात है अन्नदाता! आज आप मुझपर

कृपा नहीं करेंगे?"

"मेरा मन भर गया है राणीजी!'

दीपादे बैठ गई। वह कठोर स्वर में बोली, "आपके मन को मारने वाले के मैं तन के टुकड़े-टुकड़े कर दूंगी। बताइए, वह निर-भागा कौन है?"

महाराजा ने कोई उत्तर नहीं दिया। दीये की लौ में वह टुकुर-टुकुर दीपादे को देखने लगा। दीपादे उसके रोमयुक्त हाथ पर अपना हाथ रखकर बोली, "आपको मुझे बताना ही पड़ेगा। यदि राजा अपनी राणी पर विश्वास नहीं करेगा तो फिर किसपर करेगा? अन्नदाता! मैं सच्ची पत्नी की तरह आपका दुखः-दर्द दूर करूंगी।"

बार-बार अनुरोध करने पर महाराजा ने मुकन्दसिंह और रूपादे के सम्बन्धों की बात उगल दी। जब उसने यह बात कही तब वह ग्लानि के मारे दीपादे से नज़र भी नहीं मिला रहा था।

दीपादे ने महाराजा के गले में बांहें डाल दीं। वह बोली, "अन्नदाता! इस बात पर हमें गंभीरता से सोचना चाहिए। यह झूठ भी हो सकती है और सच भी। यदि यह सच भी है तो हमें इसको विष का घूंट समझकर पी लेना चाहिए वरना यह बात हमारे कुटुम्ब के गौरव को धूलधूसरित कर देगी। हमारी सात पीढ़ी के मुंहों को काला कर देगी।"

"यदि यह बात सच हुई तो मैं इन दोनों को गंडक की मौत मारूंगा।"

दीपादे ने समझदार परामर्शदाता की तरह कहा, "सुनिए महाराजा, आंख और कान में चार अंगुल का फर्क होता है। यह भी सुना है कि आंख से देखी हुई कभी भी झूठी नहीं होती। अन्नदाता! यदि आपकी इच्छा हो तो कल हम इस सच-झूठ का पता ही क्यों न लगा लें?"

"वह कैसे?"

"हम छुपकर देख लेंगे कि रूपादेजी के महल में कौन चोर की तरह जाता है!"

महाराजा के मन में यह बात बैठ गई।

दूसरी रात···

ज़नानी-डयोढ़ी में सन्नाटा पसरा हुआ था। दीपादे और महाराजा जासूसों की तरह एक जगह छुपकर रानी रूपादे के महल में आने-जाने वाले को देखने लगे। लगभग रात के बारह-एक बजे महाराज कंवर बाहर निकला।···

महाराजा क्रोध में धुआंफुआं होकर बोला, "कुलकलंक··· पापी···नीच··· !"

दीपादे ने महाराजा को रोक दिया, "अन्नदाता! शांत रहिए। धीरज रखिए। दीवारों के भी कान होते हैं। किसीने सुन लिया तो लेने के देने पड़ जाएंगे।···हमारे खानदान की इज़्ज़त मिट्टी में मिल जाएगी।"

"इज़्ज़त तो मिट्टी में मिल ही गई। मैं सपने में भी नहीं सोच सकता था कि इतना भयानक पाप मेरे किले में पलता है।"

दीपादे समझाती रही, पर महाराजा को चैन नहीं। सुबह होते ही महाराजा हाथ में 'गुरज' (एक हथियार) लेकर पाटवी कंवर मुकन्दसिंह के महल में गया। मुकन्दसिंह सोया हुआ था। बहुत गहरी और सुखभरी नींद। महाराजा ने उसके सिर पर गुरज का वार किया। पाटवी कंवर चीख भी नहीं सका। उसका सिर बताशे की तरह फल से खंड-खंड हो गया। एकदम विकृत हो गया।

महाराजा उसी समय राणी रूपादे के महल में गया। उसके सिर पर खून सवार था। एक अजीब-सी घुटन और वेदना से वह आहत था। तिलमिला रहा था।

रूपादे पूजाघर में पूजन कर रही थी। पूजा करते समय भी वह बडारन सूंडकी को याद कर रही थी। माला ज़रूर फेर रही थी, पर सोच रही थी कि बडारन एकाएक गायब कहां हो गई!

किसीको उसके बारे में कुछ भी मालूम नहीं है। घर भी नहीं पहुंची। अजीब बात है! उसने प्रार्थना की, "हे भगवान शिव शंकर, बडारन को सही-सलामत रखना, उसकी मनोकामना पूरी करना, मैं तुम्हारे सोने का 'छत्र' चढ़ाऊंगी।"

तभी महाराजा ने प्रवेश किया। गुरज पर रक्त के छींटे लगे हुए थे। रानी रूपादे कुछ भी नहीं समझी। वह विस्मय से महाराजा को देखती रही। महाराजा उसके सन्निकट आया। घृणा-भरे स्वर में बोला, "कुलकलंकिनी···पापिन···कमीनी···!"

रूपादे तो मारे आतंक के सफेद पड़ गई। धर-धर घूणने लगी। इस अप्रत्याशित नाराज़गी से उससे कुछ बोला भी नहीं गया। फिर भी उसने बुदबुदाने की चेष्टा की, "महाराजा! क्या'···बा···त···"

तभी महाराजा के दिमाग में एक वाक्य बिजली की तरह कौंधा—'बेटे के साथ···!' महाराजा घृणा का प्रतिरूप बन गया। उसने वही गुरज रानी रूपादे के सिर पर एक बार नहीं, दो बार मार दिया।

रानी फर्श पर गिरकर तड़पी और शांत हो गई।

सीने में कटार

दोनों के शव भी जला दिए गए। महाराजा तखत अपने महल में बुत बना बैठा था। वह आत्म-पीड़ा में तिलमिलाकर चीख रहा था कि 'इतना नैतिक पतन हो गया है मेरे बच्चों का? मेरा खून इतना सफेद हो गया है!'

और पटराणी महाराजा के सम्मुख सिर पटक-पटककर बेहाल हो रही थी। चीख-चीखकर कह रही थी, "मेरा लाडला इतना कमीना नहीं हो सकता। मेरा दूध इतना निर्लज्ज नहीं हो सकता। अन्नदाता! आप मानें चाहे न मानें, पर मैं सीना ठोक-

ठोककर कह सकती हूं कि मेरा बेटा ऐसा नहीं कर सकता।"

महाराजा खामोश बना हुआ था।

अत्यन्त ही कर्तव्यनिष्ठ दीवान ने आकर बताया, "अन्नदाता! सात गुनाह माफ करे तो मैं एक बात अर्ज़ करू?" उसका सिर झुक गया था।

"सात गुनाह माफ।"

"अन्नदाता! रात को पाटवी कंवर हमारे यहां थे। मेरे बेटे ने ढोलनियों का नाच कराया था।"

"क्या बकते हैं?"

"बक नहीं रहा हूं। सच कह रहा हूं। अपनी कुलदेवी की सौगन्ध खाकर कह रहा हूं कि पाटवी कंवर मुकन्दसिंहजी झांझरका होने पर मेरे डेरे से पधारे थे।"

"ऐसा नहीं हो सकता। हमने अपनी आंखों से देखा है। वही वर्षगांठ वाली पोशाक! हम भला उस पोशाक को कैसे भूल सकते हैं?"

तभी किसनी ने वहां प्रवेश किया। उसने सुबककर कहा, "अन्नदाता! कंवर सा की यह पोशाक किले के बाहर कूड़े के ढेर पर मिली है।"

"क्या?" महाराजा का मुंह खुल गया। नेत्र फट गए। एक भयानक जड़ता आ गई।

"हां अन्नदाता! किले के डयोढ़ीदार को यह पोशाक एक भंगी दे गया।"

"नहीं-नहीं, ऐसा नहीं हो सकता।" महाराजा विकल-विचलित हो गया। वह अपने सिर को पागल की तरह नकारात्मक ढंग से हिला रहा था। उसके रोम-रोम में कांटों की चुभन-सी हो गई थी।

पटरानी महाराजा पर आरोप लगाती हुई बोली, "आपने मेरे बेटे की हत्या कर दी! आपने रूपादेजी को मार डाला! अब आप

स्वयं न्याय कीजिए, इस दोष का दंड आप किसे देंगे?"

आखिर यह प्रमाणित हो गया कि रूपादे के महल से जो कोई भी निकला हो, पर वह पाटवी कंवर नहीं था।

महाराजा तो अपना सिर फोड़ने लगा। वह पश्चात्ताप करके विलाप करने लगा, "हाय, मैंने यह क्या किया! मुझसे कितना बड़ा पाप और अन्याय हो गया!" दीवान और बड़े-बड़े ठाकर-उमराव उसे सांत्वना दे रहे थे। सब एक ही बात कह रहे थे, "यह होनी है, होवणहार है। इसे कोई नहीं टाल सकता।"

वह सारा दिन एक मातमी पीड़ा में बीता।

सांझ रात में घुल गई। उस दिन सम्पूर्ण किले में कहीं कोई दीया नहीं जला।

राणी दीपादे अपने गोखे में बैठी हुई तारों के मंदिम उजास में बिलख रही थी। कदाचित् उसके भीतर बैठी हुई वही शाश्वत कोमल नारी जाग गई हो, जो शिशु की तरह अबोध और निर्दोष होती है। वह अपने-आपको मौन स्वर में धिक्कार रही थी—'मैंने ऐसा करने के लिए लूणी को क्यों उकसाया?' पर यह प्रभाव दीपादे पर कुछ देर तक ही रहा। बाद में उसमें वही महल वाली रानी समाविष्ट हो गई। घृणा, द्वेष, अहंकार और षडयंत्रों से भरी रानी! सोचने लगी कि उसकी राह के दो पहाड़ तो हट गए। वह गर्भवती है। ईश्वर ने चाहा तो वह फिर पुत्र की मां बनेगी। उसका बेटा इस रियासत का महाराजा होगा। वह राजमाता कहलाएगी। भावी जीवन की सुखद कल्पनाएं।

वह आकर अंधेरे में ही ढोलिये पर सो गई। उसने घृणा से हुंकार-कर कहा, "रूपादेजी ने भी तो मेरे बेटे को मरवाया था। उसकी मृत्यु पर दूध का भरा हुआ कटोरा पिया था। दीया जलाया था।"

उसकी आत्मा में आग लग गई।

सुबह हुई। वह सुबह कल के रोदनभरी सुबह की जगह रक्त-रंजित सुबह थी। खून-सना प्रभात!

महाराजा ने अपने सीने में कटार भोंककर आत्महत्या कर ली थी। सारे किले में हाहाकार मच गया। राणियां, पर्दायतणें व पासवानें काला ओढ़-ओढ़कर सिर पीटने लगीं। दीपादे भी दहाड़ मार-मारकर रोने लगी।

सारी रियासत में महाराजा की आत्महत्या की खबर फैल गई। नगरवासी भयभीत हो गए। सोचने लगे—इस रियासत पर कौन-सा हत्यारा ग्रह मंडरा है, ईश्वर जाने! एक पर एक राजवी कुटुम्ब का आदमी अकाल-मृत्यु पा रहा है।

रियासत के सारे ठिकाणेदार, सामंत, अधिकारी और कुटुम्बीजन आ गए। एक अंग्रेज़ भी शामिल हुआ, जो रियासत के भावी प्रबन्ध के लिए कम्पनी सरकार की ओर से आया था।

अत्यन्त सम्मान के साथ महाराजा का दाह-संस्कार किया गया। उसके साथ पटराणी, दो पर्दायतणें व एक पासवान सती हो गईं।

रानी दीपादे ने भी रो-रोकर उपस्थित को विनती की, "मुझे भी अपने पति के साथ सती होने दिया जाए! हाय, मैं कितनी निरभागी हूं कि अपने देवतास्वरूप पति को अकेला इस संसार से जाने दे रही हूं!···मुझे मेरे धर्म का पालन करने दीजिए!"

लेकिन लूणी ने जंगल की आग की तरह इस बात को फैला दिया था कि राणी दीपादेजी गर्भवती हैं।···

बड़े-बड़े राजवी पुरुषों ने कहा कि राणी दीपादेजी को सती नहीं होने दिया जाए। क्या पता किसीके पुण्य-प्रताप से लड़का हो जाए और इस रियासत का वंश मिटने से रह जाए।

बड़ी कठिनता से दीपादे को सती होने से रोका गया। लूणी ने मन ही मन सोचा कि राणीजी ने अभिनय करने में कमाल कर दिया।

प्रजा में काले साफे और ओढ़ने बांटे गए। झंडा झुक गया। कम्पनी सरकार की ओर से जो अंग्रेज़ अफसर आया था,

उसका नाम ऑलिवर था। वह गवर्नर जनरल का सेक्रेटरी था।

तब तक राजपूताना में कुछ रियासतों में अंग्रेजों का आंतरिक हस्तक्षेप शुरू हो गया था और वे गिद्ध की भांति नज़र गड़ाए रहते थे कि किसी रियासत में कोई पोल मिले तो वे लोग वहां धंसे।

लेकिन सामेर में उनका हस्तक्षेप होते-होते रह गया, क्योंकि महाराजा की चिता की राख अभी ठंडी भी नहीं हो पाई थी कि दीपादे ने सात माह का पुत्र पैदा कर दिया।

यह चमत्कार था। सभी ठिकाणेदार और राजकीय मुसाहिबों ने इसे देवी का चमत्कार समझा, क्योंकि उनका यही कहना था कि ईश्वर ने इस पवित्र सिंहासन पर किसी अपवित्र व्यक्ति को बैठना स्वीकार नहीं किया।

हैं न इस संसार में विचित्रताएं। हम सब सोच भी नहीं सकते कि ऐसी अनोखी घटनाएं भी इस पृथ्वी पर घटती रहती हैं।

दीपादे के मान-सम्मान में वृद्धि हो गई। यह निश्चय हो गया कि नवजात शिशु ही सामेर का महाराजा बनेगा। उसकी देखभाल और सामेर के प्रबंध के लिए यहां सारा राजवी कुनबा और महाराजा का हर वफादार सेवक अपनी जी जान लगाएगा।

सामेर के तख्त पर विधिवत् दीपादे का नवजात बेटा शिशुपाल-सिंह बैठा। इस अवसर पर दीपादे का पिता राजा पृथ्वीपालसिंह स्वयं उपस्थित था। उसने दीपादे के कहने पर पुराने दीवान की जगह ठाकुर राजमल को नया दीवान बनाया। कामदार ठाकुर राजमल की जगह सीताराम कामदार बना। चूंकि ठाकुर राजमल स्वयं राजवी ठाकुर था, इसलिए किसीने उसका कोई विरोध नहीं किया। पुराने दीवान को जागीर देकर भेज दिया।···

इसके अतिरिक्त दीपादे ने महाराजा के सारे अधिकार किसी और को न देकर स्वयं रख लिए।···सीताराम ने अत्यन्त विलासी और कूर ठाकुर देवदत्त को सेनापति का पद दिया। वह सामेर का अत्यन्त महत्त्वपूर्ण व्यक्ति था; पर वह जितना बड़ा योद्धा था,

उतना ही बड़ा विलासी भी।

इस तरह सामेर के राज्य पर झूठे व षड्यंत्रकारियों का अधिकार हो गया।

लूणी बडारन बन गई

कामदार सीताराम को एक हवेली बख्श दी दीपादे ने। दीपादे अब राजमाता थी। समस्त रियासत के अधिकारों की स्वामिनी। वह जिसे चाहे, कुछ भी बख्श सकती थी। फिर उसने कामदार सीताराम को एक हवेली बख्श दी तो कोई बड़ी बात नहीं। उसने लूणी को भी बडारन बना दिया।

हवेली में प्रवेश के दिन सम्मानीय ठाकुर व उमराव पधारे। हवन किया गया।

रात के समय पातुरों का नाच-गीत चलता रहा। दूसरे दिन लूणी कामदार के पास गई।

रात थी।

सीताराम लूणी की अगवानी के लिए उठा। उसे शयनकक्ष में लाया। जाजम पर बिठाया।

लूणी ने भी शयनकक्ष के ढोलिये, जाजम, झाड़ फानूस और उसके चारों ओर लटकती हरे कांच की हंडियाओं को नज़र में भर कर एक लम्बी सांस ली। बोली, "कामदारजी! भाग्य के खेल भी निराले होते हैं। राह के भाटे (पत्थर) को मंदिर का भैंरूजी बना देता है। उसकी पूजा करवा देता है।"

सीताराम ने लूणी का हाथ अपने हाथ में लेकर कहा, "यह सब केवल भाग्य के खेल नहीं, हमारे अक्ल के भी खेल हैं। इसके लिए हमने कितने पाप किए हैं! जलंधर और बडारन की हत्या करवाई, महाराजा को पाटवी कंवर और रूपादे की हत्या के लिए मजबूर किया। फिर महाराजा को आत्मघात के लिए भी।"...वह एक

पल चुप रहा। उसने लूणी के मांसल बदन पर अपना हाथ फरकर प्रशंसात्मक स्वर में कहा, "वाह लूणी, वाह! तुमने भी क्या-क्या रंग दिखाए! लगता है कि तू पिछले जन्म में ज़रूर स्वांग करने वाली थी। पहले पाटवी कंवर की पोशाक चुराई। वैसे ही बाल बनाए। कानों में गोखरू पहने, फिर स्वयं पाटवी कंवर बनकर महाराजा···"

लूणी ने होंठों के आगे उंगली देकर कहा, "सी ऽऽ, दीवारों के भी कान होते हैं।"

"तुम ठीक कहती हो।" कामदार ने कान पकड़कर कहा; "बोलो, क्या खाओगी-पियोगी?"

"भूख तो लगी हुई है।"

"फिर थाल अरोगो न?"

"पर पहले थोड़ा अमल दो।"

"अमल?" चौंक पड़ा कामदार, "तुम अमल खाती हो?"

"जी।"

"यह तो बुरी बात है!"

"इन्सान में कोई न कोई लत तो होती है।"

"मुझमें तो कोई लत नहीं है।' कामदार सीताराम गर्व से बोला।

"है।" लूणी ने दबाव-भरे स्वर में कहा।

"नहीं है।"

"मैं कहती हूं कि है। याद करो मेरे ढोलाजी!"

"मुझे तो ऐसा नहीं लगता कि मुझमें कोई लत है।"

"आपमें लत है और वह लत है मेरी।"

कामदार ने उसे अपनी बांहों में भर लिया और फिर उसे ताबड़तोड़ चूमने लगा।

उसे अमल लाकर दिया। उन दोनों ने साथ-साथ खाना खाया। फिर वे दोनों हवेली के पीछे वाली खुली बारादरी में आकर

जाजम पर लेट गए।

लूणी उसके वक्ष पर अपना सिर टेके हुए थी। चारों ओर चांदनी बिछी हुई थी। बारादरी से थोड़ी दूर पर पीपल पर उल्लू धूं-धूं कर रहा था। कभी-कभी कोचरी किंग-किंग करके बोल जाती थी। फिर ऐसा गहरा प्रेमिल सन्नाटा पसर जाता था, जैसे आस-पास आदिम-शून्यता छा गई हो। लूणी सीताराम के बालों में अपनी उंगलियां उलझाकर बोली, "सीताराम! तू तो मेरे बचपन का प्रेमी है। मेरी सांस-सांस में तू बस गया है।··· मैं तेरे लिए कुछ भी कर सकती हूं। मैंने तुझे बड़ी सच्चाई से अपना तन-मन दिया है। मैं विश्वास करूंगी कि तुम मुझे धोखा नहीं दोगे।"

"तुझे ऐसा सोचना भी नहीं चाहिए।" सीताराम ने उसकी पीठ पर अपना हाथ रखते हुए कहा।

"मेरी एक बात मानेगा?"

"बोल।"

दोनों तत्क्षण प्रेमी-प्रेमिका थे।

"हम दोनों को अब ब्याह कर लेना चाहिए।"

सीताराम के एक झटका-सा लगा। वह उचककर बैठ गया। चांदनी में उसकी मुद्रा का भाव लूणी ने अच्छी तरह पढ़ लिया। बोली, "तू इस तरह चौंका, जैसे तूने कोई सांप देख लिया हो?"

"बात यह है लूणी, तू बडारन है और मैं कामदार। भला यह शादी कैसे हो सकती है?"

"क्यों नहीं हो सकती?" लूणी ने तप्त स्वर में कहा। उसकी आंखें जल गईं।

"सोच, हमारे सारे भविष्य को ये सब बातें अजगर की तरह लील जाएंगी।" सीताराम ने कहा, "अभी तो हमारे फलने-फूलने के दिन शुरू हुए हैं। हमें इस किले की सबसे ऊपरी गुम्बद को छुना है। आत्मीय बनकर भी अजनबी का नाटक करना है।···मेरी कलेजे की कोर लूणी, मेरी बात का मर्म समझ। मैं तेरा हूं और

सदा तेरा रहूंगा; पर अभी तो ऐसी परिस्थिति है कि हमें ऐसा नाटक करना चाहिए जैसेकि हम एक-दूसरे को अधिक जानते ही नहीं।"

सीताराम की बात सोलह आना सही थी। उसपर गंभीरता से विचारती हुई लूणी बोली, "हां, यह बात मेरे गले ज़रूर उतरती है। यदि हम अभी शादी करते हैं तो लोगों को शक हो सकता है, पर यदि तू यह समझता है कि तू मुझसे इज़्ज़तदार है या तेरा घराना ऊंचा है तो यह वहम अपने हिये से निकाल देना। हम दोनों वर्णसंकर हैं। तुझमें ठाकुर मानसिंह का रक्त है तो मुझमें राजा पृथ्वीपालसिंह का। मैं उस अभागी और डयोढ़ी की सबसे फुटरी स्त्री की संतान हूं।...न जाने हमने कितनी जलालत की ज़िंदगी जी है। सीताराम! कम से कम हमें तो एक-दूसरे के प्रति वफादार रहना चाहिए। हम लोगों पर इन बड़े लोगों ने जो-जो अत्याचार किए हैं, उन्हें याद रखकर इन बड़े आदमियों से गिन-गिनकर बदले लेने चाहिए। इन पिशाचों को कुछ सबक सिखाना चाहिए। मुझे रियासत में हुए खून-खराबे से बड़ा संतोष मिला है।...क्यों? इस रूपादे ने मेरे नितम्बों पर भाला मारा था। उसके दाग के बारे में तुझे पता ही है। इस रूपादे के ऊपर एक बार मेरे हाथ से ज़रा-सा दूध गिर गया था, तो इसने मुझे तीन दिनों तक भूखा रखा था। ये सब आदमी नहीं, भाटे हैं, पत्थर के माणस हैं।"

सीताराम को लगा कि जैसे जाजम पर सोई चांदनी में अजीब-सा दर्द घुस गया है। एक ऐसा कोमल और उदास दर्द, जिसने सीताराम को भी भिगो दिया। सीताराम निर्वाक्-सा बैठा रहा।

लूणी ने सीताराम की गोद में अपना सिर छुपाते हुए कहा, "सीताराम! मैंने बचपन से एक सपना देखा था कि मैं भी चनणा की तरह प्यार करूंगी। संजोग से मुझे तू मिल गया। मैंने तुझपर सब कुछ निछावर कर दिया। तू मेरे विश्वास को मत तोड़ना। मैं

अपनी मौत देख सकती हूं, पर तेरा धोखा नहीं सह सकती।"

सीताराम ने उसके गाल को थपथपाया। बोला, "तू मुझपर अखूट भरोसा कर सकती है।"

लूणी उसे चेतावनी देती हुई बोली, "तू मुझे चोखी तरिया जानता है। तू सवा सेर है तो मैं सेर अवश्य हूं। मेरे साथ यदि तूने छल-कपट किया तो मैं अपने साथ तुझे भी ले डूबूंगी।"

सीताराम भीतर ही भीतर डर गया। वह लूणी को खूब पहचानता था। वह जितनी ही प्रेममयी थी, उतनी ही घृणामयी। उसने उसे वचन दिया कि वह उससे कभी भी विमुख नहीं होगा। कभी भी छल-कपट नहीं करेगा।

लूणी रात-भर सीताराम के पास रही। उस रात उन दोनों ने यह तय किया, "सीताराम! तुम्हें सेनापति को अपने काबू में रखना चाहिए और एक ऐसा चक्कर चलाना चाहिए, जिससे सारे राजवी सामन्त और ढिकाणेदार एक माला में न आने पाएं।... और मैं किले में अपनी शक्ति को बढ़ाऊंगी। हमें इतना बटोरना चाहिए कि उम्रभर हम आराम से जी सकें।"

सीताराम बोला, "तुझे मुझपर भरोसा करना चाहिए। मैं क्या करता हूं, यह तुम देखती जाना।"

दोनों नये-नये षड्यंत्रों में व्यस्त हो गए। दीपादे चाहकर भी उनका विरोध नहीं कर सकी।

लूणी उसे अपने इशारों पर नचाती थी।

समय गुज़र रहा था।

महाराजा की चोरी

गणगौर त्योहार आ गया था। शहर में चहल-पहल थी। लुगाइयां रंग-बिरंगे वस्त्र पहनकर गणगौर की काष्ठ-प्रतिमाओं को सिर पर लिए हुए किले में प्रवेश कर रही थीं। गणगौर को

सिर पर लिए हुए जो लुगाई चलती थी, उसकी चाल एक विशेष प्रकार की होती थी, जो नितम्बों को एक अजीब तरह का उत्तेजित झटका देती थी। लुगाई के पांवों में घुंघरुओं वाली पायल होती थी, जो रमक-झमक करती थी।

उसके पीछे स्त्री-पुरुषों का झुंड होता था। स्त्रियां समवेत स्वर में गाती थीं :

खेलण द्यो गणगोर, भंवर म्हौनै खेलण द्यो गणगोर

हो जी, गवरल रा दिन चार,

भंवर म्हौनै खेलण द्यो गणगोर।

किले में मेला-सा लग गया था। दीवान, सीताराम व अन्य राजवी सामन्त व अहलकार-मुसाहिब केसरिया साफे पहने हुए खड़े थे। लूणी बडारन भी साटन के केसरिया घाघरे-ओढ़ने में रमक-झमक कर रही थी। किसनी उसके पीछे परछाईं-सी लगी हुई थी।

हर गणगौर लानेवाले को एक रुपया दिया जाता था। चांदी का कलदार रुपया।

उस मेले में सीताराम की नज़र एक नवयौवना पर पड़ी। वह अद्वितीय सुन्दरी थी। साक्षात् गणगौर। सांचे में ढले-ढले अंग-प्रत्यंग।

सीताराम पहली नज़र में ही उसपर मोहित हो गया। अपने-आप प्रश्न किया, 'यह कौन है!' उसने जांच की तो किसनी ने बताया, "यह सुनारो गणगौर है। यह लड़की इस गणगौर के साथ आई है।"

"ज़रा पता तो लगा।"

किसनी भीड़ में खो गई। वह थोड़ी देर इधर-उधर भटकती रही। फिर उसने उस छोटी से बातचीत की। आकर सीताराम को बताया, "यह जाति की दर्ज़िन है।···नाम है, रखड़ी। बाप का नाम रेवतदास।"

सीताराम ने सब कुछ याद कर लिया। तभी बडारन लूणी

आई। वह आकर बोली, "कामदारजी! किसनी से घुट-घुटकर क्या बातें हो रही हैं?"

सीताराम तो स्वयं बहुत ही घुटा हुआ इन्सान था। हर बात व स्वर के मर्म को समझने वाला। बोला, "बडारनजी! मैं किसनी को कह रहा था कि आज बडारनजी बड़ी जंच रही हैं।"

''मक्खन लगाना तो कोई आपसे सीखे!"

"है उसकी इजाज़त?"

"आज नहीं। आज तो गढ़ में घूमर नाच होगा। राजमाताजी स्वयं पधारेगी।"

"हमें?"

"आप डयोढ़ी में कैसे आ सकते हैं?"

दीवान राजमल सीताराम के पास आया। लूणी शीघ्रता से खिसक गई।

"जै माताजी री कामदारजी!"

"जै माताजी री दीवानजी!" सीताराम ने विनम्र शब्दों में कहा, "क्या हुक्म है?"

"ये वें ही दूलीसिंहजी हैं, जो महाराजा के सबसे नज़दीक के रिश्तेदार हैं। यदि अपने बालक महाराजा पैदा न होते तो सामेर की गद्दी के ये हकदार होते।"

सीताराम ने मुसकराकर कहा, "बेचारे हाथ मलते होंगे! ईश्वर की माया भी बड़ी विचित्र है। 'सतमासिया बच्चा' बहुत कम जीवित रहता है, पर अपने महाराजा तो शुक्ल पक्ष के चन्द्रमा की तरह फल-फूल रहे हैं। जो बुरा सोचता है, उसका बुरा ही होता हैं।"

तभी कुछ गणगौरें और आ गईं। सभी उन्हें देखने में व्यस्त हो गए। इस तरह मेले की चहल-पहल सारे दिन रही।

रात को ज़नानी-डयोढ़ी में घूमर नृत्य था। उसमें भाग लेने के लिए मरवण मालिन आई थी। मरवण मालिन घूमर नृत्य में सर्व-

श्रेष्ठ थी। बड़ी-बड़ी मशालों के बीच एक रजत-तख्त पर रियासत की गणगौर रखी हुई थी। गहनों से लदी-लदी एक ठकुरानी उसे चंवर डुला रही थी। अन्य राजवी आभिजात्य वर्ग की औरतें अपने पदों के अनुसार बैठी थीं।

ढोली 'झीन-नगाड़ा' लेकर आ गया था। उसने नगाड़ों के पास थोड़ी-सी आंच कर ली थी, ताकि नगाड़े को ताप देता रहे। एक ढोलन ने अपने हाथ में कांसी की थाली ले ली थी। उसके दूसरे हाथ में बेलन था।

इसके बाद घूमर नृत्य शुरू हुआ। थाल पर बेलन की थाप से झन्ऽझन्ऽऽ···

मरवण मालिन बड़ी रात गए तक नाचती रही। दीपादे ने उसे ढेर सारे चांदी की कलदार दिए।

घूमर नृत्य समाप्त हो गया। किले के बाहर आई सामन्तों की लुगाइयां अपने-अपने रथों पर बैठकर चली गईं।

राजमाता दीपादे अपने महल में आई। आजकल वह पाटवी-रानी अर्थात् पटरानी के महल में रहती थी, जो अन्य महलों से बहुत बड़ा था।

उसके महल के धाय के आलों में दीपक जल रहे थे, जिनका मंद-मंद प्रकाश सारे कक्ष में फैला था। समीप के कक्ष में धाय-मां महाराजा शिशुपालसिंह के साथ सोई हुई थी।

दीपादे की पलकें नींद के कारण भारी थीं। उसकी इच्छा हुई कि वह सो जाए, पर सहसा उसे अपने बेटे का खयाल आ गया। वह धाय-मां वाले कक्ष में गई। वहां अंधेरा था। घोर अंधेरा। दीपादे ने सोचा कि शायद दीया बुझ गया है, महाराजा सो गया है, इसलिए वह खुद आकर अपने कक्ष में सो गई। वह बहुत ही थकी हुई थी, इसलिए उसे गहरी नींद ने आ घेरा।

सूर्य उगने के बाद तक वह सोई रही। बडारन लूणी उठकर कई डावड़ियों को उस दिन के कार्यों के आदेश देकर राजमाता

दीपादे के महल में गई। राजमाता जागी हुई ढोलिये पर पड़ी हुई आलस को मरोड़ रही थी।

"आज तो उठने में बहुत देर कर दी आपने?"

"हां, रात बड़ी देर में सोई थी न!"

"महाराजा सा उठ गए क्या?"

"पता नहीं।" दीपादे ने आंखें मलते हुए कहा, "आज तो धायजी भी नहीं जागी है। आप ज़रा जाकर देखिए तो?"

"हुक्म!" लूणी धाय-मां वाले कक्ष में गई। उसने जैसे ही कक्ष में पांव रखा, वैसे ही वह चीख पड़ी, "खून···खून···खून···!" वह बदहवास-सी दीपादे के पास आई। बोली, "गज़ब हो गया राजमाताजी!"

"क्या?"

"धाय-मां को किसीने कत्ल कर दिया है। उनका सिर धड़ से अलग है।"

"क्या कहती है?"

"सच कहती हूं।" राजमाता और लूणी एकसाथ वहां आईं। धाय-मां का कटा हुआ शव पड़ा था। उसके पास महाराजा नहीं था। दीपादे ने झूले को संभाला। वहां भी महाराजा नहीं था। वह ज़ोर से चिल्लाई, "लूणी···लूणी···महाराजा नहीं है···मेरा बेटा नहीं है!"

"क्या?" बडारन बाज़ की तरह झपटकर दीपादे के पास आई। उसकी आंखें विस्फारित थीं। वह इधर-उधर देखभाल करके बोली, "सचमुच महाराजा नहीं है।···हे भगवान, अब क्या होगा?"

"तु, जल्दी से दीवानजी व कामदारजी को बुलाकर ला और डयोढ़ीदार को पूछ कि कोई रात को किले में तो नहीं आया था?"

बडारन भागी। उसने तुरन्त घुड़सवार भेजकर दीवानजी व कामदारजी को बुलाया। खुद डयोढ़ीदार के पास जाकर पूछा, "डयोढ़ीदारजी! रात को कोई किले में तो नहीं आया था?"

"नहीं।"

"आपको अच्छी तरह ध्यान है न?"

"जी बडारनजी, मैं रात-भर जाग रहा था। नाच के खत्म होने के बाद यहां कोई नहीं आया।"

"हे भगवान!" बडारन अपने-आप बड़बड़ाई। वह पुनः दीपादे के पास आई। दीपादे रो-रोकर निढाल हो गई थी। आस-पास की सभी लुगाइयां हत्प्रभ-सी खड़ी थीं। आतंकित थीं। कदाचित् वे गरीब सोच रही थीं कि सन्देह में ये लोग हमारी चमड़ियां न उधेड़ दें। बडारन को देखते ही दीपादे छाती पीट-पीटकर रोने लगी, "मेरा लाडला कहां है... मेरे कलेजे की कोर को जल्दी लाइए ...हे भगवान!"

एक डावड़ी ने भागकर बताया, "बडारनजी! कामदारजी व दीवानजी आ गए हैं। डयोढ़ी के बाहर खड़े हैं।"

बडारन उस ओर लपकी। उसने रोते हुए कहा, "कामदारजी! महाराजा अपने सोने वाले भवन से गायब हैं।"

"क्या?" दोनों एकसाथ बोले।

"हां, राजमाताजी तो रो-रोकर जान दे रही हैं।"

"और धाय-मां?"

"उसकी हत्या हो गई है।"

"ओह!"

दीवान ने अफसोस प्रकट करके कहा, "ज़रूर इसमें किसी स्वार्थी कमीने की साज़िश है।"

"हम धाय-मां वाले कक्ष में चलना चाहते हैं।"

तुरन्त इसकी व्यवस्था की गई।

स्वयं सीताराम का मस्तिष्क इस अनहोनी घटना के कारण विमूढ़-सा हो रहा था। वह त्वरा से कदम बढ़ाता हुआ धाय-मां वाले कक्ष में आया। धाय-मां का कटा शव देखकर दोनों पीड़ा व ग्लानि से भर आए। उसके शव पर सीताराम ने चादर डाली।

फिर उसने दीवान से कहा, "दीवानजी! यह पकायत किसी नमक-हराम की कारस्तानी है।"

"कहीं उसने महाराजा की हत्या…?" दीवान ने प्रश्न किया। शंकाओं से भरा प्रश्न।

दीपादे तड़पकर बोली, "नहीं, ऐसे अशुभ बोल मुंह से मत निकालिए। मेरा लाडला जुग-जुग जिएगा। उसकी रक्षा मां दुर्गा करेगी।"

सीताराम ने गम्भीर होकर कहा, "राजमाताजी! आप अपना दिल छोटा मत कीजिए। महाराजा सा बिलकुल सही-सलामत हैं। यदि हत्यारे की मनशा महाराजा सा को मारने की होती तो वह धाय-मां की तरह उसका काम भी तमाम कर देता। इससे साफ ज़ाहिर होता है कि अपहरणकर्ता या तो कोई धाड़ेती है, जो महाराजा के बदले धन चाहेगा या वह कमीना है, जो महाराजा को गायब करके सामेर का राजा बनना चाहता है।"

"फिर आप जल्दी से ढूंढ़िए।" दीपादे ने आज्ञा दी, "आप महाराजा को ढूंढ़ने के लिए सारी सेना को लगा दीजिए, नगर-नगर, गांव-गांव, ढांणी-ढांणी ढिंढोरा पिटवा दीजिए…इनाम का ऐलान कीजिए…पर जल्दी से आप मेरे लाल को ढूंढ़कर लाइए। मेरा जी जल रहा है…यदि आपने मेरे लाडेसर को नहीं खोजा तो मैं इन खंभों से अपना सिर टकरा-टकराकर अपने प्राण दे दूंगी।"

कामदार बहुत ही चतुर था। उसने सबसे पहले कमरे की एक-एक चीज़ की खोज की। रक्त की बूंदों व पांवों के चिह्नों से उसने यह पता तुरन्त लगा लिया कि अपहरणकर्ता खिड़की की राह से आया था। वह थोड़ा-थोड़ा और आगे बढ़ा तो यह बात भी साफ हो गई कि वह चारदीवारी लांघकर आया है।

कामदार ने पुकारा, "दीवानजी!"

"फरमाइए।"

"महाराजा के खोने का ढोल ज़रा भी मत पीटिए। यहां के

एक-एक मर्द-लुगाई को सख्त हुक्म दीजिए कि यह बात अभी बाहर न जाए। आप स्वयं इस बात की देखभाल करेंगे कि आज न तो किले में कोई आए और न कोई बाहर जाए।"

"जो हुक्म!" दीवान कामदार की आज्ञा ऐसे मान रहा था, जैसे वह दीवान नहीं, कामदार दीवान है।

"और आप तुरन्त सबसे अच्छे पागी को बुलाइए। पागी (पद चिह्नों को देखकर खोजने वाला) हमें बताएगा कि महाराजा को ले जाने वाला किधर गया है।"

दीवान पागी का प्रबन्ध करने के लिए चला गया। इस बीच कामदार ने धाय का शव हटवा दिया। खून के धब्बे धुलवा दिए व चादरें बदलवा दीं।

दीपादे सुबक रही थी। बडारन लूणी डयोढ़ी में यह आदेश दे रही थी, "किसी रांड ने डयोढ़ी के बाहर कदम रखा तो मैं उसके कदम काट दूंगी। किसी भी मालज़ादी ने महाराजा के गुम हो जाने की बात किसीसे कही तो मैं उसकी जीभ जलवा डालूंगी। इतना खयाल रहे कि बडारन जो कहती है, उसमें रत्ती-भर भी झूठ नहीं होता।"

वे सब मारे भय के थर-थर कांप रही थीं और उनके चेहरों के रक्त निचुड़ गए थे। उन सभीकी आंखों में जड़ता छा गई थी।

बडारन डयोढ़ीदार के पास गई। उससे आदेश-भरे स्वर में बोली, "डयोढ़ीदारजी! यदि कोई डावड़ी या दूजी लुगाई डयोढ़ी में से बाहर निकलने की चेष्टा करे तो आप उसकी गर्दन धड़ से अलग कर दें।"

डयोढ़ीदार ने स्वीकृतिसूचक सिर हिला दिया। फिर उसने एक आदमी को राज़-ज्योतिषी पंडित माणकजी के पास भेजा, "जा, जल्दी से उन्हें बुला ला। देख, ज़रा भी देर मत करना।" फिर उसने ड्योढ़ीदार की ओर उन्मुख होकर कहा, "ज्योतिषीजी को

अतिथि-गृह में बिठाना।"

बडारन लौट आई।

थोड़ी देर में दो पागी आ गए। ये दोनों सगे भाई थे। इनके नाम सलजी और मलजी थे। दोनों जाति के मेघवाल थे। उन्हें डयोढ़ी में लाकर दीवान ने कामदार को खबर दी।

दोनों पागी किसी अज्ञात आशंका से भयभीत थे। जीर्ण-शीर्ण कपड़े। घुटनों तक धोती। मैले-कुचैले साफे। नंगे पांव। शरीर में पसीने की दुर्गन्ध। काजल से काले। दोनों की उम्र लगभग तीस-पैतीस। कंधों को छूने वाले काले बाल। बलदार मूंछे। बड़ी जुल्फें। पीले दांत।

वे दोनों भाई अभी तक नहीं समझ पाए थे कि उन्हें आज डयोढ़ी में क्यों बुलाया गया है। यह उन गरीबों के लिए पहला अवसर था।

उधर कामदारजी दीपादे को एकांत में समझा रहा था, "राज-माताजी! हमें महाराजा की खोज बड़े ही गुप्त रूप से करनी चाहिए। कहीं ऐसा न हो, जिसने महाराजा को चुराया है, वह हमारे भय से उनकी हत्या कर दे।···आप मुझपर विश्वास रखें, मैं महाराजा को आपकी गोद में लाकर ही दम लूंगा।"

कामदार के पास पागियों के पहुंचने की सूचना आते ही वह उनके पास गया। दोनों ने ज़मीन पर सोकर, हाथ जोड़कर कहा, "खम्भा अन्नदाता खम्भा!"

हालांकि वे दोनों मेधवाले थे। अछूत थे। राजवी-जनों के लिए उनकी परछाईं पड़ना भी अपमान का सूचक था, पर अपनी गरज़ आदमी को कितना दीन बना देती है!

स्वयं कामदार उन्हें धाय-मां के कक्ष तक लाया और बोला, "इस कक्ष से एक बहुमूल्य हार चोरी चला गया है। चोर का पांव यह रहा। वह किस तरह गया है?"

सलजी ने कामदार को चुप कर दिया, "अन्नदाता, आप चुप

रहिए, हम खुद अपना काम करेंगे।"...

मलजी भी गर्व-भरे स्वर में बोला, "अन्नदाता! कामा जिमका जामा। जो काम करते हैं, उन्हें ही शोभा देता है। आप देखते जाइए...इस पांव के सहारे सात समन्दर पार भी चोर होगा तो हम उसे ढूंढ़ लेंगे। बस, यह पांव दिखाई देना चाहिए।" और सलजी-मलजी अपने काम में लग गए। उन्होंने बताया कि चोर यहीं से किले के नीचे उतरे हैं। वे दोनों भी दरवाज़े के रास्ते वहां पहुंचे। वे पहचान गए कि वे ही पांवों के चिह्न हैं, पर उन चिह्नों के साथ कुछ और पावों के चिह्न पाए गए। सलजी ने कामदारजी से तुरन्त ही कहा, "अन्नदाता! उस चोर के साथ कुछ आदमी और भी थे।"

"कितने?' कामदार ने पूछा।

"सलजी ने ध्यान से देखकर कहा, "दस।"

"दस!" कामदार चौंका।

"हां अन्नदाता! दस तरह के पांव दिखाई पड़ रहे हैं।"

अब पागी-बंधुओं ने पांवों के सहारे चलना शुरू किया। कामदार ने स्वयं उन दोनों भाइयों की कला पर आश्चर्य किया। कंकरीली ज़मीन पर भी वे पदचिह्न ढूंढ़ लेते थे। उनकी कला भी कमाल की थी। आखिर वे पांव ऊंटों के पदचिह्नों में बदल गए। सांझ तक कामदार को दोनों भाइयों ने बताया कि ये पांव धनगढ़ के ढिकाणे की चारदीवारी में गए हैं।

चूंकि यह काम अत्यन्त ही गुप्त रूप से हो रहा था, इसलिए सिवाय कामदार सीताराम के इस रहस्य को कोई नहीं जानता था। वह जान गया कि महाराजा को चुराने वाला और कोई नहीं है, उन्हींका चचेरा भाई गोपीसिंह है।

कामदार वहां से लौट आया और उसने मेधवालों को कोठरी में बंद करा दिया। उन दोनों भाइयों के खाने-पीने और सोने की सही व्यवस्था कर दी।

कामदार ने बडारन से बातचीत की। बडारन लूणी ने प्रतिहिंसा में जलकर कहा, "धनगढ़ को जलाकर राख कर दीजिए। गोपीसिंहजी को बोटी-बोटी काटकर चील-कौवों को खिला दीजिए।"

कामदार सीताराम ने कहा, "बडारनजी! आप शांत रहिए। हमारी जल्दबाज़ी काम को बिगाड़ सकती है। जब तक महाराजा किले में न आ जाएं, तब तक हमें मुंह में दाने डाल लेने चाहिए।"

बडारण ने कहा, "आप ठीक कहते हैं।" वह जैसे याद करके फिर बोली, "हां, राज-ज्योतिषी ने कहा है कि महाराजा सा पर मारकेश की दशा मंडरा रही है; पर एक ऐसा ग्रह है, जो क्षणिक मारकेश की दशा को हटा देगा।"

"यह तो बहुत अच्छी बात है।" कामदार ने कहा, "बडारनजी! आप राजमाता दीपादेजी को शांत और मौन रहने के लिए कहिए। उन्हें आप पक्का भरोसा दीजिए कि महाराजा सा को कुछ भी नहीं होगा। उनको ज़रा भी विचलित नहीं होना चाहिए। और डयोढ़ी की ज़िम्मेदारी तो आपपर है ही।"

बडारन ने गर्विरत स्वर में कहा, "यहां कोई भी अपनी ज़बान नहीं खोल सकता।"

"अच्छा, मैं चला। आप तैयार हो जाइए। हम महाराजा सा को लेकर ही आएंगे। बस, आप किसनी को कहिए कि राजमाताजी को धीरज बंधाती रहे।"

"यदि आप महाराजा सा को किले में ले आए तो मैं भी आपको बाद में चमत्कार बता दूंगी।"

दोनों की अर्थ-भरी दृष्टियां टकराई।

गढ़ श्मशान बन गया

हर अनागत पल अज्ञात होता है और कोई नहीं जानता कि अगले पल में क्या होने वाला है।

सीताराम, सेनापति देवदत्त और दीवान राजमल, तीनों सीताराम की हवेली में एकत्रित हुए। रात हो गई थी। उनकी बैठक समाप्त नहीं हुई। डयोढ़ी को छोड़कर शेष किले और नगर का जीवन सदा की तरह सामान्य गति से चल रहा था। कोई नहीं जानता था कि महाराजा को चुरा लिया गया है। यदि इसकी थोड़ी भी भनक पड़ जाती तो प्रजा में बड़ा असंतोष फैल जाता, संभवतः एक अराजकता की सी स्थिति आ जाती। फिर कम्पनी सरकार का हस्तक्षेप होता और वह रियासत के घरेलू मामलों में दखलंदाजी करती। वस्तुतः अंग्रेज़ तो ऐसी स्थितियां ही चाहते थे।

इसलिए तीनों ने चुपचाप मामला सुलझाने की ठानी। सीताराम ने कहा, "पागियों का अन्दाज़ा गलत नहीं हो सकता। महाराजा धनगढ़ में ही है। वे किस स्थिति में हैं, यह हम नहीं बता सकते। मेरा ऐसा खयाल है कि बडारन लूणीजी को धनगढ़ के रावले में भेजा जाए। वह हमें महाराजा सा की सही स्थिति बता सकती है।"

राजमल ने कहा, "यह ठीक रहेगा।"

सेनापति ने कहा, "कहीं गोपीसिंहजी को संदेह हो गया और उन्होंने…"

सीताराम तीखे स्वर में बोला, "फिर आप किस मर्म की दवा है?"

"मुझे तो आप और दीवानजी हुक्म करें तो मैं धनगढ़ के रावले को जलाकर खाक कर दें!" सेनापति ने कहा।

सीताराम ने सोचकर कहा, "सेनापतिजी! आप ऐसा कीजिए, आप अपनी सेना लेकर धनगढ़ के चारों ओर फैल जाइए। मैं और बडारन दोनों जाएंगे और यह चाल चलेंगे।" और सीताराम ने एक चाल बताई।

देवदत्त आशा से बोला, "यह चाल सफल हो सकती है। आप जल्दी कीजिए।"

और उसी रात दस नागौरी बैलों वाले रथों पर बडारन लूणी और कामदार सीताराम धनगढ़ की ओर चल पड़े। रथों में कुछ नहीं था। उधर सेनापति अपनी सेना की सारी टुकड़ियां लेकर धनगढ़ का घेराव करने के लिए चल पड़ा।

प्रभात-सूर्य की लालिमा पूरब में चमकने लगी थी। रथ धन-गढ़ के नागरिक इलाके को पार करके ठिकाणे के गढ़ की खास प्रोल के आगे पहुंच गए। डयोढ़ीदार ने पूछा, "आप कुण सरदार है?"

कामदार ने कहा, "मैं सीताराम हूं। ठाकर सा से मिलने आया हूं।"

"पधारो सा।" उसने प्रोल खोल दी। डयोढ़ीदार इतने सजे हुए रथ जीवन में पहली बार देख रहा था। रथ गढ़ में घुस गए। प्रोल के आगे ही बहुत बड़ा कच्चा आंगन था। उसके दायें-बायें चारदीवारी के लगी हुई घुड़शालाएं थीं।

सीताराम ने डयोढ़ीदार को दो मोहरें बख्शीस में दीं। उसने तुरन्त ही ठाकुर गोपीसिंहजी को खबर पहुंचाई। गोपीसिंह के कान खड़े हो गए। वह लपककर आया। सीताराम ने लगभग एक हज़ार मोहरे उसके चरणों में फेंककर कहा, "धन्य हैं ठाकर सा, धन्य हैं आपके मां-बाप! आपने अपने महाराजा की खूब नमकहलाली दिखाई है।"

गोपीसिंह अवाक्-सा सीताराम को देखता रहा। उसकी समझ में कुछ भी नहीं आ रहा था कि यह आगन्तुक अनजान प्राणी क्या कह रहा है।

सीताराम पुनः बोला, "मैं सामेर का कामदार सीताराम हूं। यह अपने रावले की बडारनजी हैं। अपने संदेश भेजकर राज-माताजी की जान बचाई है। उन्होंने आपको मीरपुर, सीतागढ़ और अनूपगढ़ की जागीरें देने की आज्ञा दी है।···आप सच्चे क्षत्री हैं। ···आपने महाराजा सा को अपहरणकर्ताओं से बचाकर समस्त राज-

परिवार व प्रजा पर बड़ा अहसान किया है। बताइए, महाराजा कहां हैं?"

गोपीसिंह का चेहरा पीला पड़ गया। वह टुकुर-टुकुर उन दोनों को देखने लगा।

बडारन लूणी बोली, "राजमाताजी ने आपको बुलाया है। बस, अब आप जल्दी से महाराजा को लेकर रथ में विराजिए। सारा राज्य-परिवार आपके स्वागत के लिए बेचैन है।"

सीताराम एकदम गंभीर होकर बोला, "क्या आप उस दुष्टात्मा का नाम बता सकते हैं?"

सीताराम ने गोपीसिंह पर निरन्तर इतने वाचिक आक्रमण किए कि उसकी बुद्धि को लकवा मार गया। वह सोच भी नहीं सका।

सीताराम ने मुसकराकर कहा, "आप तो खुशी के मारे गूंगे हो गए हैं। और होना भी चाहिए।...इतना बड़ा सम्मान, इतनी बड़ी कर्तव्यनिष्ठा, महान स्वामीभक्ति...बताइए उस पापी का नाम, हम उसके वंश को ही इस धरती से मिटा देंगे।"

सीताराम एकसाथ चापलूसी कर रहा था और ताड़ना भी दे रहा था। वह गोपीसिंह पर बुरी तरह हावी हो गया था।

गोपीसिंह ने देख लिया कि सीताराम लड़ने के इरादे से बिलकुल नहीं आया है। फिर वह अकेला आया है। उसके साथ केवल बडारन है। फिर भी उसने अपने मस्तिष्क पर दबाव देकर सोचा, 'इन्हें महाराजा यहां हैं, इसकी खबर किसने दी?... ज़रूर ही मेरे किसी आदमी ने यह गद्दारी की है। उसने यह तो अच्छा किया कि सही बात नहीं बताई, वरना खून की नदियां बह जातीं।'

"ठाकर सा! आपको तो खुश होना चाहिए...बोलिए, महाराजा सा कहां विराजे हुए हैं।"

"रावले में?" हठात् उसके मुंह से निकला।

"बडारनजी! आप रावले में जाकर महाराजा सा को ले आइए। हर एक डावड़ी और दरोगे को एक-एक सोने की मोहर दीजिए।"

बडारन लपककर रावले में गई। सीताराम ने गोपीसिंह से पूछा, "ठाकर सा! आप जागीरों का पट्टा लेने के लिए कब आएंगे?"

"जब आप हुक्म करें!" गोपीसिंह अब भी खोया हुआ था। उसकी आकृति आशंकाओं के रंग से पुती हुई थी। शायद वह यह सोच रहा था कि यह जो कुछ हो रहा है, उसकी मर्ज़ी से हो रहा है या उसे कोई और करने के लिए बाध्य कर रहा है?

"आप परसों आइए। हम आपके सम्मान में ग्यारह हाथी भेजेंगे। आपने ऐसा काम किया है, जिससे राजघराना जन्म-जन्मान्तर तक आपका ऋणी रहेगा।"

बडारन बिजली की फुर्ती से महाराजा सा को गोद में ले आई थी। उसे देखते ही सीताराम ने ठंडी सांस ली। उसने झुक-झुककर नन्हे महाराजा को सलाम किया। फिर गोपीसिंह से कहा, "अच्छा ठाकर सा, हम चलते हैं। आपके लिए परसों ग्यारह हाथी भेजेंगे। जै माताजी!"

ठाकुर गोपीसिंह ने हाथ जोड़कर जै माताजी की कहा। सीताराम और बडारन एक ही रथ पर बैठ गए। रथ वापस गढ़ के बाहर चले गए।

जब गहरा सन्नाटा पसर गया तो गोपीसिंह को वस्तुस्थिति का ज्ञान होने लगा। उसे लगा कि कामदार सीताराम जादूगर है, सम्मोहन करने का मंत्र जानता है। वह उसे सोचने का अवसर दिए बिना महाराजा को ले गया। अब उसे यह भी लगा कि यह बहुत बुरा हुआ है। यदि उसने अब भी महाराजा को अपने कब्जे में नहीं किया तो अनर्थ हो जाएगा।

उसने तुरन्त अपने पचास घुड़सवारों को तैयार किया और

महाराजा को वापस लेने के लिए चल पड़ा। उसके आदमियों के हाथों में नंगी तलवारें थीं। भाले थे। पर अभी वह बस्ती के बाहर ही गया था कि उसे सामने विशाल सेना आती हुई दिखाई दी। एक काले घोड़े पर खूंखार और महान योद्धा देवदत्त बैठा था। उसकी लम्बी-तगड़ी देहयष्टि दूर से उसका परिचय दे रही थी। उसकी अजानुबांहों में हीरों के कंगन चमक रहे थे। उसके एक हाथ में भारी खांडा था और दूसरे हाथ में चांदी की छोटी-छोटी ढालों से सज्जित ढाल! उसने घोड़े की लगाम अपने मुंह में ले रखी थी।

गोपीसिंह के पांव चिपक गए। उसने घोड़े को वहीं पर रोक लिया। अपने-आप बोला—'ओह, तो मेरे साथ भयानक छल हुआ है!' वह वापस गढ़ की ओर मुड़ा तो सामेर की सेना की एक टुकड़ी कुंपावत सरदार के नेतृत्व में उसकी ओर आती हुई दिखाई पड़ी।

गोपीसिंह ने अब कायरता का त्याग कर दिया। वह अपने मुट्ठी-भर सैनिकों के साथ भिड़ गया। उसने लाख चेष्टा की कि वह अपने गढ़ में चला जाए, पर देवदत्त के घेराव को वह तोड़ नहीं पाया। उसके सारे साथी खेत रहे। वह आहत हो गया। उसका 'श्वेत अश्व' बहुत समझदार था। वह गढ़ की ओर भागा। खूंखार देवदत्त ने उसका पीछा किया, पर गोपीसिंह अपने गढ़ में घुस गया।

डयोढ़ीदार ने दरवाज़ा बंद कर लिया।

गढ़ का दरवाज़ा बहुत ही मज़बूत था।

देवदत्त ने गढ़ को घेर लिया, पर वह उस मज़बूत दरवाज़े को तोड़ने में सफल नहीं हुआ। उसने अपने सैनिकों से कहा, "दरवाज़ा तोड़ डालो, जल्दी करो।"

हाथी दरवाज़े को तोड़ने में लगाए गए, पर भाले की तरह तीखे कीलों ने हाथियों को पस्त कर दिया।

आखिर एक साधारण राजपूत सैनिक वीरभान को एक हाथी

के सिर के आगे बांधा गया। उसने यह सब अपनी मर्ज़ी से किया। फिर हाथी को शराब पिलाई गई। खूब मतवाला हो गया वह हाथी।

इसके बाद वह पीछे से भागता हुआ आया और उसने इतने ज़ोर से टक्कर मारी कि उस राजपूत का शरीर उन कीलों में फंस गया, साथ ही किवाड़ चरमरा उठे। दूसरी टक्कर में किवाड़ टूट गए। उस राजपूत के अंग-अंग छिद गए।

देवदत्त गढ़ में घुसा। उसने ऐलान किया, "इस पापी कमीने के वंश को मिटा डालो। इस किले को मसाण बना डालो। यहां कुछ भी न रहने पाए।"

देवदत्त ने सात दिन तक नृशंस अत्याचार, निर्मम हत्याएं और लूटपाट की। गोपीसिंह तो पहले ही मर गया था। इसके बाद उसके वंश के एक-एक मर्द, लुगाई और बच्चे को देवदत्त ने मार डाला। उसकी सम्पत्ति जितनी ला सका, ले आया। शेष में आग लगा दी।

उसने यह घोषणा की, "यहां के लोग चले जाएं। कहीं दूसरी जगह बस जाएं। हम इस ठिकाणे का चिह्न भी नहीं रहने देना चाहते हैं।"

लोग शरणार्थियों की तरह भागने लगे।

सचमुच धनगढ़ वीरान हो गया। जन-शून्य हो गया। चील, कौवे और गिद्धों के अलावा वहां कोई नहीं रहा।

कामदार से दीवान

उस दिन सारे नगर को सजाया गया था। नागरिकों को जब यह मालूम हुआ कि दुष्टात्मा गोपीसिंह ने महाराजाधिराज राज-राजेश्वर को महल से चुरा लिया था और कामदार सीतारामजी एक महान जादूगर की तरह महाराजा को उस राक्षस के पंजे से

वापस छुड़ा लाए हैं तो हर जगह सीताराम की वाह-वाह होने लगी। सबके हृदय में उसके प्रति आदर व स्नेह उमड़ आया।

उसके साथ बडारन लूणी के प्रति समस्त डयोढ़ी और नागरिकों में सम्मान बढ़ा।

इस खुशी के अवसर पर विशेष दरबार का आयोजन किया गया। उसमें रियासत के बड़े-बड़े सामन्त, उमराव, ठिकाणेदार, सम्माननीय नागरिक उपस्थित हुए। सिंहासन पर स्वयं राजमाता दीपादे बालक महाराजा को लेकर बैठी। महाराजा के सिर पर वह भारी-भरकम 'ताज' बादस्तूर पहनाया गया, जिससे महाराजा ज़ोर-ज़ोर से रोने लगा। फिर भी महाराजा को गहनों से लादा हुआ था।

राजमाता साधारण भेस में थी। गहरा बैंगनी घाघरा, ओढ़ना, काली कांचली-कुर्ती!

सबसे पहले दीवान राजमल ने दरबारियों को स्वागत किया और कामदार सीताराम, बडारन लणी और सेनापति देवदत्त की भूरि-भूरि प्रशंसा की। दीवान तो सीताराम से आंतरिक रूप से हज़ारों अहसानों से दबा हुआ था ही। वह भयभीत भी था। उसे सीताराम ने एक बात के लिए पहले ही दबाव दे दिया था, साथ में धमकी भी दे दी थी कि वह स्वयं दरबार में यह घोषणा करे कि दीवान-पद सीतारामजी को दे दिया जाए। यदि उसने ऐसा नहीं कहा तो वह उसकी बेटी और हत्याओं के बारे में। वैसे राजमल सीताराम का मोहरा ही था। आज दरबार में उसने कहा, "मैं इस खुशी के अवसर पर राजमाताजी को विनती करूंगा कि वे वफादार और समझदार सीतारामजी को दीवान-पद दें। मैं स्वतः ही इस पद को छोड़ रहा हूं।"

दरबार में समर्थन के साथ ही कुछ खुसर-फुसर हुई। उसे राजमाता ने स्वयं दबा दिया, "मैं भी यही चाहती हूं। सीताराम-जी की सूझबूझ और साहस ने महाराजा को नया जीवन दिया है।

इनके अहसानों का बदला यही है कि उन्हें कामदार से दीवान बना दिया जाए।"

फिर किसकी मजाल कि विरोध करें। कामदार सीताराम दीवान बन गया, दीवान कामदार। सेनापति देवदत्त रहा। कोषाध्यक्ष बलवानसिंह की जगह पर गांधी हंसराज को बैठा दिया गया। बलिदानी वीरभान को जागीर दी गई व सजली-मजली पागियों को चार-चार खेत पुरस्कार में दिए गए।

इसके पश्चात् महाराजा की सवारी निकली। नगर के बाहर देवी का मंदिर था। उस मंदिर में जाना आवश्यक था। यह राज्य की परम्परा भी थी कि जब-जब कोई महासंकट राज्य के व्यक्ति पर आकर टल जाता है तो कुलदेवी के मंदिर में दर्शन करने के लिए जाना पड़ता है।

कतारबद्ध घोड़े, पालकियां, रथ, राजवी लोग, सेना और हाथी। एक सजे हुए हाथी के हौदे पर महाराजा अपने दूर के रिश्तेदार काका कृपालसिंह की गोद में बैठा था। हालांकि कुछ दरबारियों की, विशेषतः राजमाता दीपादे की इच्छा थी कि स्वयं दीवान सीताराम महाराजा को अपनी गोद में लेकर हाथी पर बैठे, पर सीताराम दूरदर्शी ठहरा। उसने इसे स्वीकार नहीं किया। उसने सारे दरबारियों के सामने कहा, "मैं दीवान हूं। दीवान होकर मैं अणूती बात नहीं कर सकता। यह हक नियम के अनुसार महाराजा के निकटतम सम्बन्धी को है, इसलिए मैं यह हक उसके वास्तविक हकदार को ही दूंगा।" उसकी इस घोषणा से सामन्त वर्ग पर चोखा प्रभाव पड़ा।

तामझाम की इस सवारी के पीछे एक बैलगाड़ी पर खजांची हंसराज अपने चंद सहयोगियों के साथ बैठा था और रुपयों व पैसों की 'उछाल' कर रहा था। कई थैलियां भरी हुई थीं। दो जने मुट्ठी भर-भरकर उछाल कर रहे थे और तत्कालीन अभावग्रस्त भूखी-नंगी जनता उन पैसों को लेने के लिए टूट पड़ रही थी।

नंगे, अर्धनंगे स्त्री-पुरुष!

यदि राजवी लोगों व इन लोगों के रहन-सहन को देखा जाए तो लगता कि आदमी-आदमी के बीच कितनी बड़ी खाई है!

सवारी निश्चित समय में किले लौट आई। उस दिन के बाद दीवान ने महाराजा के चारों ओर अपने आदमियों का सख्त पहरा बिठा दिया।

डावड़ियो के लिए नया जीवन

सीताराम दीवान बन गया। उसकी हवेली में काफी परिवर्तन हो गए। उसने लूणी को गोपीसिंह का डेरा भेंट करवा दिया, जो नगर में स्थित था। अब वह बडारन का डेरा कहलाने लगा। उसे खूब अच्छी तरह रंगा-पुतवा दिया।

और उस रात दीवान सीताराम बडारन के डेरे आया। उसके डेरे की रक्षार्थ एक ठाकर रखा गया था। वह डेरे की मुख्य प्रोल के आगे बनी कोठरी में रहता था। बडारन के डेरे में दस डावड़ियां थीं।

उसका ठाट-बाट अब निराला था।

बडारन ने आगे बढ़कर दरवाज़े के पास जाकर दीवान की अगवानी की। डेरे की मुख्य इमारत के अलावा सारी जमीन कच्ची थी। पीछे दायें कोने में गायों के बांधने का छपरा था।

सीताराम के लिए इतना स्वादिष्ट भोजन बनाया गया था कि वह प्रशंसा किए बिना नहीं रह सका। विशेषकर हरिण और तीतर का मांस!

बडारन ने आज फिर वही बात प्रेमलाप के समय दोहराई, "सीताराम! क्यों नहीं हम आपस में जुड़ जाएं! शादी कर लें!"

सीताराम उसकी बात पर जरा भी उत्तेजित नहीं हुआ। अत्यन्त संयम से वह बोला, "लूणी! केवल शादी करने से ही हम

अपने उद्देश्य में सफल नहीं हो सकते। तुझे तो मालूम है कि इन राजा-महाराजा और सामन्तों ने हमपर क्या-क्या जुल्म किया है। मेरी मां मेरे बाप से मिलने के लिए तरसती रहती थी, पर इन कमीनों ने उस गरीब को तड़पा-तड़पाकर मार डाला, पर मेरे बाप से नहीं मिलने दिया। मैं नाजायज़ संतान हूं, फिर भी मां ने मुझे बहुत लाड़-प्यार से पाला।"

बडारन लूणी बीच में ही बोली, "लगभग वही स्थिति मेरी है। आपको क्या बताऊं, एक जीवणी डावड़ी थी, ठाकुर मोहकमसिंह की डावड़ी। उसे ठाकुर मोहकमसिंह ने दो लड्डू खाने के अपराध में एक कोठरी में नंगा रखा और उसे निर्मम हिजड़े को सौंप दिया, जिसने उसके सारे शरीर को चगदों से भर दिया। शर्म की बात यह है कि वह इस वहशीपन को तमाशा समझकर देखता रहा।"

"फिर हमें शादी-फादी के चक्कर में न जाकर इस रियासत पर तमाम दरोगों व डावड़ियों को राज्य स्थापित कर देना चाहिए। मैं अपनी हवेली इन ठाकुर की बेटियों से भरूंगा।"

"तुम बहुत ही प्रतिहिंसक हो गए हो!" लूणी ने कहा, "मैं तेरी पीड़ा समझती हूं; लेकिन एक बात का ध्यान रखना सीताराम, कि किसी चीज़ की अति बहुत खराब होती है।"

वह भावुक और दार्शनिक हो गया। बोला, "लूणी! सूरज उगता है, बहुत तेज़ होकर तपता है, फिर ढलकर गुम हो जाता है। उसी सूरज की तरह इस पृथ्वी का हर आदमी है। वह जन्मता है, जवान होता है, फिर बूढ़ा होकर मर जाता है। वह अपनी उन्नति के चरम शिखर को चूमकर लुढ़कता है। हमें भी इस सत्य को समझकर आगे बढ़ना चाहिए।...लूणी! मैं दीवान हो गया हूं। कल मैं इस पद पर न भी रहूं।"

"फिर?"।

"तुम अब भी मेरी हो, तब भी रहोगी। मेरा तुझसे पक्का

नाता है। आत्मा का नाता है।"

बडारन उसकी बांहों में झूल गई। वह सीताराम को चूमने लगी। चूमती-चूमती बोली, "सीताराम! आजकल तुझे दीपादेजी बहुत याद करती हैं। तूने महाराजा को क्या बचा लिया कि दीपादेजी तुझे अपने होंठों पर हर घड़ी रखने लगीं। उन्होंने तुझसे भेंट करने की भी इच्छा प्रकट की है।"

"फिर मिलाओ न?"

"मैं कौन मिलानेवाली? मैं तो हुक्म की ताबेदार हूं। जब राजमाताजी कहेंगी, उस दिन आपको डयोढ़ी में ले जाऊंगी।"

वह कुछ उत्तेजित हो गया। उसने गाली निकालते हुए कहा, "भाड़ में जाए राजमाता और दूजी छोरियां। अभी तो तू···।"

लूणी प्रेम में आकंठ डूब गई। फिर वह अर्धनग्न-सी पड़ी हुई बोली, "सीताराम! बेचारी किसनी हैं न, अपनी बड़ी वफादार है।"

"मैं उसके लिए एक मकान बनवा दूंगा। नगर के बाहर जो भाटों का बास है, वहां। अपना दरोगा रूपचंद है न, मैं उससे किसनी का विवाह करा दूंगा। रूपचंद को जकात वसूली पर लगा दूंगा। डावड़ी किसनी को इस किले के नारकीय जीवन से मुक्ति दिला दूंगा।"

बडारन लूणी को यह बात पसंद आई। वह बोली, "मैं भी यही चाहती हूं कि डयोढ़ी की एक-एक डावड़ी को चोखा जीवन दें, ताकि वे भविष्य में सुख का जीवन जिएं। कभी हम मर भी जाएंगे तो उन्हें यह तो याद रहेगा कि हम दोनों ने अपनी तरह के लोगों के लिए अच्छा काम किया था।"

"हमें यह भी नियम बना देना चाहिए कि जो डावड़ी ब्याहता है, वह रात के समय अपने घर जाएगी। जिसकी सुवाड़ (प्रजनन) हुई हो, उसे दो माह की छुट्टी दी जाएगी। विधवाएं व अविवाहिताएं ही डयोढ़ी में रात के समय रहेंगी; या वे डावड़ियां रहेंगी,

जिनकी किले के भीतर ही रहने की व्यवस्था है।"

"हां-हां, ये नियम बनने चाहिए। इस नई व्यवस्था से इनके जीवन में एक नया चानणा होगा, उस चानणे में वे अपने वर्षों के अंधेरे को भूल जाएंगे। उनका जीवन तो एक रौरव नरक है, एक ऐसी लाय है, जिसमें उनकी एक-एक इच्छा जलकर राख होती है।"

दीवान ने झपकी लेते हुए कहा, "मैं तुझसे यह आशा रखूंगा कि तू मुझपर वहम नहीं करेगी। मैं सदा तेरा हूं और तेरा ही रहूंगा।"

लूणी फिर सीताराम के सन्निकट हो गई। उसका हाथ अपने हाथ में ले लिया। कामुक दृष्टि से देखकर कहा, "दीया बुझा दूं?" और सीताराम के संकेत पर उसने दीया बुझा दिया।

दरोगा का राज्य

दीवान, सेनापति, बडारन लूणी और कामदार राजमल एक-दूसरे पर अखंड विश्वास करते थे और सत्ता के नाम पर खूब धन लूटते थे। चूंकि राजपूत तो संगठित नहीं थे और फिर अंग्रेज़ सरकार द्वारा उन्हें राज्य-व्यवस्था और सुरक्षा की गारंटी देने पर राजपूताना के अधिकांश राजा-सामन्त सुरा-सुन्दरी में मदमस्त हो रहे थे। अफीम और 'हथकढ़ी' दारू का जोर चल रहा था। हर ठिकाणेदार ने अपने यहां दारू की भट्ठियां बना ली थीं। इस-लिए वे शौर्य की जगह विलासिता के सागर में डूबे रहना चाहते थे।

हर ठिकाणे की अलग सेना होती थी, जो रियासत के महाराजा के आह्वान-आमंत्रण पर आ जाती थी। अपनी शक्ति को और अधिक मजबूत करने के लिए दीवान सीताराम ने राजपूतों की जगह बाहरी लोग तथा जाटों को भी सेना में चुपके-चुपके भर्ती करना शुरू कर दिया। उसने अत्यन्त ही गुप्तरूप से एक ऐसी भी

सेना तैयार कर ली, जो बन्दूकों से लैस थी। इसके लिए उसने सामेर के एक पड़ोसी राज्य के अंग्रेज सेनापति से गुप्त समझौता किया था। उसे तीन लाख रुपये बतौर रिश्वत के दिए और कुछ रुपये बन्दूकों के लिए।

उसने चंद सामन्तों व क्षत्रियों को छोड़कर सभी प्रतिष्ठित पदों पर दरोगों व उन व्यक्तियों को बिठा दिया, जो वर्षों से सिर्फ राजमहलों व ठिकाणों में अपना शोषण करा रहे थे। दरअसल उन दिनों दरोगों का राज्य हो गया था।

दीवान सीताराम ने डावड़ियों के लिए अच्छे मकान बनवा दिए थे। उन्हें स्वतंत्रता की सांस लेने का अवसर दिया था। वस्तुतः ठाकुर लोग मन ही मन सीताराम का विरोध कर रहे थे, पर किसीमें यह साहस नहीं था कि वह सीताराम के सम्मान में एक भी शब्द खुलकर कहें। जिस किसीने ऐसा करने की चेष्टा की, उसे दीवान ने धूल में मिला दिया। दीवान की हवेली में उसकी ब्याहता नहीं थीं, पर रखैलों के रूप में लगभग बारह लड़कियां थीं। ये लड़कियां प्रतिष्ठित लोगों की थीं, जिन्हें दीवान ने चालाक कुटनियों के द्वारा अपनी हवेली में बुला लिया था और उन्हें बड़े गुप्तरूप से अपनी डयोढ़ी में रखता था। वैसे कई ठाकुरों ने सीताराम को अपनी बेटी देनी चाही, पर सीताराम ने इनकार कर दिया। वह सभी बड़े लोगों से यही बोला, "मैं आपका एक सेवक हूं। आपके पांवों की धूल हूं। मैं भला यह गुस्ताखी कैसे कर सकता हूं! हालांकि मेरी रगों में भी असली राजपूत का खून है, पर अनाथ होने के कारण मेरी असलियत छुप गई है।" किंतु वह लूणी को धोखा देना नहीं चाहता था। वह यह जानता था कि लूणी की नाराजगी के बाद उसका टिकाव संभवतः कम हो सकता है।

फिर लूणी को यह भी मालूम था कि दीवान ने राजमाता को भी अपने वासना-जाल में फंसा लिया है। राजमाता दीपादे में

एकाएक वासना का भयंकर ज्वार कहां से आ गया, यह सोचकर लूणी स्वयं आश्चर्य में डूब जाती थी। वह सोचा करती थी कि जैसे-जैसे उम्र ढलती है, वैसे-वैसे सुनते हैं, वासना के सांप मरते जाते हैं, परन्तु राजमाता के सांप तो और अधिक फुत्कारने लगे हैं।

कभी-कभी लूणी ये सब स्थितियां देखकर बहुत ही संतुष्ट होती थी। उसके हृदय की भावनाओं को सकून मिलता था।

दोपहर ढलने लगी थी।

राजमाता दीपादे ने लूणी को बुलाया। लूणी हाज़िर हुई। अदब से बोली, "हुक्म राजमाताजी !"

"दीवानजी को बुलाकर लाइए। उन्हें डयोढ़ी के पासवाली कोठरी में ले आइए, मैं वहां पहुंच रही हूं।"

थोड़ी देर में राजमाता दीपादे और दीवान सीताराम उस कोठरी में थे। बाहर बडारन लूणी स्वयं पहरा लगा रही थी।

"हुक्म राणीजी !" दीवान दीपादे को रानी ही कहता था।

"आपको एक बहुत ही भोंड़ी बात बता रही हूं।"

"फरमाइए !"

"आप नाराज़ तो नहीं होंगे ?"

"बिलकुल नहीं।"

दीपादे के नयनों में संकोच-भरे डोरे उतर आए। वह ग्लानि-भरे स्वर में बोली, "मैं क्षत्राणी होकर अपने धर्म से गिरी हूं। पाप के नरककुंड में फंसी हूं। इसकी सज़ा देर-सवेरे में मुझे अवश्य मिलती ही। ईश्वर ने मुझ पापिन को जरा जल्दी यह सज़ा दे दी।"

दूरदर्शी व संकेतों का मर्म समझनेवाला सीताराम सिर झुकाई हुई दीपादे के शब्दों का मर्म कुछ-कुछ समझने लगा। वह गंभीर हो गया। उसमें एक स्थिरता आ गई। वह दीपादे के नज़दीक आ गया। बोला, "आपका मतलब ?"

"मतलब यह है दीवानजी कि मैं मां बननेवाली हूं।"

"राणीजी !" दीवान लगभग चीख पड़ा।

"आप एकदम शांति से बात कीजिए।" दीपादे ने उसे सचेत करते हुए कहा, "आप यह न भूलें कि दीवारों के भी कान होते हैं। बुरे समय में हवा, धूप और अंधेरे भी बोलने लगते हैं।"

"लेकिन आपने मुझे बताया नहीं।"

"मैं पिछले तीन-चार माह से उसे गिराने के लिए भांति भांति-की दवाइयां, काढ़े, उकालियां ले रही हूं, पर मरा टस से मस नहीं हो रहा है।"

"ओह! आपने बड़ी देर कर दी।"

"इसके लिए मैं आपसे माफी चाहती हूं।" दीपादे ने दीवान को हाथ जोड़ दिए, "मुझे इस संकट से उबारिए। मेरी इज़्ज़त आपके हाथ है।"

दीवान सीताराम सोचता रहा। उसने उदास राणी को देखा। दीपादे फिर बोली, "यह लुगाई ज़ात भी बड़ी अजीब जात है। सुख से जीना ही नहीं चाहती। पता नहीं, इस शरीर में भगवान ने कौन सी लाय (आग) भर दी है, जो बुझती ही नहीं। बुझने की बजाय बढ़ती रहती है।"

दीवान ने उसे आश्वस्त किया कि वह ज़रा भी चिंता न करे। वह उसकी मान-मर्यादा की रक्षा करेगा। उसको इस संकट से बचाएगा।

पर दीवान बहुत चिंतित हो गया। वह सीधा लूणी के पास आया। उसने लूणी को सारी बात बताई। लूणी की आंखें फट गईं। वह अवाक् रह गई। बड़ी कठिनता से वह लम्बी उसांस लेकर बोली, "हे राम, अब क्या होगा? यदि पेट का बच्चा रफा-दफा नहीं हुआ तो राजमाता छिनाल रांड बन जाएगी। लोग उसे जीवित नहीं छोड़ेंगे।"

उसने इधर-उधर देखा। धूप तेज़ थी। डयोढ़ी में सन्नाटा था। वे जहां खड़े थे, वहां बरामदा था। धूप उनसे थोड़ी दूर पर ही पसरी हुई थी।

सीताराम को सहसा अतीत का एक टुकड़ा याद आ गया। एक बार उसके ठाकुर ने एक डावड़ी को ज़िंदा जलाकर मार डाला, क्योंकि उसके पुत्र से उस बेचारी के प्रेम-सम्बन्ध थे। प्रेम ने वासना का रूप धारण करके पेट में नये जीव को डाल दिया था। वह पागल डावड़ी सीधी ठाकुर के पास चली गई। ठाकुर को उसने साफ-साफ बता दिया, 'मेरे पेट में आपके कंवर सा का अंश है।'

ठाकुर ने उसे पहले कुलटा-छिनाल कहा। फिर बेरहमी से पीटा। उसका बेटा भी इंकार कर गया कि उसके पेट में उसका अपना बीज है।

डावड़ी भी बड़ी विचित्र थी। ज़रूर पूर्वजन्म की कोई रण चंडी थी। उसने ठाकुर के बेटे का गला पकड़ कर कहा, 'लगता है कि तू अपने बाप की औलाद नहीं। तेरी मां के पास तेरा बाप नहीं, कोई और गया था, वरना तू झूठ नहीं बोलता। असली राजपूत का जाया झूठ बोलने की जगह जान देना ज़्यादा बेहतर समझता है।'

ठाकुर के मुंह पर ठाकुर को गंदी गाली। ठाकुर ने उसे डंडे से पीट-पीटकर अधमरा कर दिया, फिर चिता में जलाकर उस डावड़ी को राख बना दिया।

सीताराम उस बीभत्स व करुणाजनक दृश्य को याद करके घृणा से भर आया। वह लूणी की ओर जलती दृष्टि से देखकर बोला, "जी तो चाहता है कि मैं दीपादे को अमल खाकर मरने के लिए मजबूर कर दें। बोल लूणी, तू क्या चाहती है? राजमाता का जीवन या मृत्यु?"

लूणी ने अपना धैर्य व विवेक नहीं खोया। वह संयत स्वर में बोली, "मैं दीपादेजी का जीवन चाहती हूं। वे जब तक जीवित हैं और महाराजा जब तक मोट्यार (जवान) नहीं हो जाते, तब तक हम ही राजा-रानी हैं।"

"फिर दीपादेजी बीमारी का बहाना करेगी। आप उसके आस-पास रहेंगी। फिर एक लड़का या लड़की होगी। वर्णसंकर! एकदम मेरे जैसा! दुष्ट और हीन! चालाक और विद्वान"!

लूणी ने उसे शांत किया और दीपादे के पास चल पड़ी। दीवान चला गया।

नंगी औरतों का जुलूस

दीवान अपनी हवेली लौट आया।

वह देर सांझ तक सेनापति देवदत्त के साथ बैठा रहा। उससे गंभीर वार्तालाप करता रहा। उसकी अमल से मनवार करता रहा।

देवदत्त ने कहा, "कुछ ठिकाणेदार गोरी सरकार से मिलकर राज्य में अच्छी व्यवस्था कायम करना चाहते हैं। वे राजपूतों के राज्य में गोलों-दरोगों का अधिकार नहीं चाहते।"

दीवान सीताराम ने कहा, "उन्हें गोले-दरोगों से जलन नहीं करनी चाहिए। आखिर सबका वक्त आता है। कहावत है—'सौ दिन सुनार के तो एक दिन लुहार का।' "

"फिर भी हमें सावधान रहना चाहिए।"

"मैं बिलकुल सावधान हूं। एक बार मैं इन गोरे बन्दरों को भी लोहे के चने चबवा दूंगा।" दीवान ने सम्पूर्ण विश्वास से कहा, "इस रियासत में कौन-कौन ठाकुर क्या-क्या गतिविधियां करता है, मैं जानता हूं। मेरी दो आंखें आगे हैं तो दो आंखें पीछे।"

देवदत्त अमल का एक टुकड़ा फिर चबाकर बोला, "मैं तो आपके हुक्म का गुलाम हूं। आप जब हुक्म करेंगे, तूफान की तरह बढ़ जाऊंगा।"

दीवान सीताराम बोला, "आप हमारे दायें हाथ हैं। आपके बल पर दीवान सीताराम दीवान सीताराम है, वरना कब का राधेश्याम

हो जाता।"

सेनापति हंसा और चला गया।

दीवान उसे हवेली के दरवाज़े तक पहुंचाने आया। तभी उसके घर के आगे एक आलीशन रथ रुका। रथ को चारों ओर से ढंका हुआ था।

देवदत्त ने एक पल उस रथ को देखा, फिर वह अपने घोड़े पर सवार होकर चला गया।

रथ को हवेली की प्रोल में लाया गया। फिर ज़नानी-डयोढ़ी के सम्मुख।

उसमें से एक युवती घूंघट में लिपटी हुई निकली और डयोढ़ी में घुस गई। उसके साथ थी एक बहुत ही घाघ और चालाक कुटनी, जिसका नाम अणचा था।

सीताराम लपककर डयोढ़ी में गया।

हवेली बहुत पुरानी थी तो साथ ही रहस्यमय भी। लगता था कि यह हवेली कभी इस रियासत के किसी विशेष सामन्त से सम्बन्धित थी। कालान्तर जिसने अपना अस्तित्व खो दिया।

सबसे विचित्र बात यह थी कि इस हवेली में ऊपरी एक हिस्से की तरह तहखानों का भी एक हिस्सा और बना हुआ था। वह हिस्सा ज़नानी-डयोढ़ी के नीचे था। उस ज़मींदोज़ हिस्से में दस कोठरियां थीं। उन कोठरिय़ों के फर्श संगमरमर के थे और दीवारों पर चमकदार चिकनी कली की हुई थी।

बड़े-बड़े रोशनदान थे। इन रोशनदानों का सम्बन्ध हवेली के पिछवाड़े से था, जिनसे हवा और प्रकाश आता था।

उस घूंघट में लिपटी युवती को उसी निचले हिस्से के एक कमरे में लाया गया। वह अत्यन्त ही सुन्दर थी। उसके अंग-प्रत्यंग में कसाव था।

सीताराम सीधा उसके पास गया। युवती गुमसुम-सी थी। कमरा अच्छी तरह सजा हुआ था। अणचा उस युवती के पास बैठी

थी। अणचा ने उठकर दीवान को मुजरा किया, "खम्भा दीवानजी! मेरा इनाम दीजिए।"

"तेरा इनाम पक्का। सवा सौलह आने पक्का।" दीवान ने अणचा को कहा, "अब तू ज़रा इन्हें नहलाकर सजा दे। मैं आ रहा हूं।"

दीवान उस कमरे से निकलकर गलियारे में आ गया। इस गलियारे में भी प्रकाश था। स्वयं दीवान भी उन कारीगरों की कारीगरी पर हैरान था कि कैसे उन्होंने इतना चमत्कारी काम किया है!

उसके पास वाले दोनों कक्ष खाली थे। तीसरे कक्ष में एक युवती बैठी थी। वह बैठी-बैठी दारू पी रही थी। दीवान को देखते ही वह उठी, "मुजरो करूं दीवाणजी!"

"कहिए ठकुराणीजी, क्या हालचाल हैं?"

"बड़े आराम से हूं।"

"अब आप डयोढ़ी के ऊपरी कमरों में क्यों नहीं जातीं? यहां फिर अंधेरा है, घुटन है, अकेलापन है।"

उसने दारू का प्याला खाली करके कहा, "दीवानजी! मुझे चानणे (उजाले से नफरत है। मैं कभी भी चानणे में नहीं रही। यह मेरा दुर्भाग्य है कि मैंने जब-जब चानणे में जाने की चेष्टा की भयानक अंधेरे में चली गई।"

"आप बड़ी अजीब हैं!''

"आपको तो सुख देती हूं!' ठकुराणी कंवलकंवर बोली, "दीवानजी! जब पैदा हुई तो आन-बान वाले बाप ने अंधेरी खाई में फिकवा दी। वहां गहरा-गहरा घास उगा हुआ था, बच गई। मेरी मां ने मेरा चोरी-चोरी पालन-पोषण कराया। फिर शादी हुई तो पति ने मुझे एक पीड़ादायक अंधेरे में डाल दिया। वह कितना अजीब अंधेरा था! पति दारू पी-पीकर एक अत्यन्त कुलटा-नार के संग रति-क्रिया में डूब जाता था। मुझे देखने के लिए

मजबूर करता था।···कितनी अजीब बात! कितनी पीड़ा होती थी मुझे! उससे भी अधिक बाद में होती थी, जब मेरा वह कठोर पति मुझे कोठरी में बंद करके चला जाता था।"

"लेकिन वह ऐसा क्यों करता?"

"वह मेरे पिता से नदी की सिंचाई वाले दस गांव चाहता था। उन गांवों के देने के बाद मेरे बाप के पास क्या रह जाता, जबकि मेरे बाप के दस पत्नियां और ३७ बेटे थे। बेटियों को तो उसने जन्मते ही मार डाला था।···फिर रुकमण मुझे बहला-फुसला कर आपके यहां ले आई। आपके यहां खुश हूं। आप कम से कम आदमी के रूप में जानवर तो नहीं हैं!"

दीवान ने आगे बढ़कर उसे अपनी बांहों में भर लिया। वह लाख चाहकर भी ठाकुरों व राजाओं की तरह जल्लाद नहीं बन सका। वे जिस तरह अपने मातहत इन्सानों के साथ पशुवत व्यवहार करते थे, वह इन औरतों के साथ कतई नहीं कर सका।

वह एक-एक करके अपनी डयोढ़ी की तमाम औरतों से मिला। लगभग बीस-बाईस औरतें थीं अब। सभी अच्छे खानदानों की। सभी पवित्र और गौरव रक्त वाली। फिर वह नवागन्तुका के पास आया।

अणचा ने उसे सजाकर तैयार कर दिया था। दीवान को देखकर अणचा ने कहा, "आपका नाम है—कंवराणी किरण-कंवर। ठाकुर दिनेशसिंह की पुत्र-वधू हैं।"

दीवान ने उसे देखा। चारनज़रे होते ही उसने सिर झुका लिया। दीवान ने कहा, "मैं इनका आव-आदर करता हूं। मुजरो मान लीजो कंवराणीजी।"

उसने सिर पर घूंघट निकाल लिया।

अणचा दीवान का हाथ पकड़कर बाहर ले गई। वह अत्यन्त ही मंद स्वर में बोली, "इसे मैं बहुत ही मुश्किल से पटाकर लाई हूं। दीवानजी! तगड़ा इनाम लूंगी। चीज़ भी बहुत ही

मज़बूत काठीवाली है।"

"तू चिंता न कर। तेरी मनशा पूरी कर दूंगा।" अणचा चली गई। दीवान ने कक्ष का द्वार बंद कर लिया। वह आहिस्ता-आहिस्ता किरणकंवर के पास गया। उसके कंधे पर हाथ रख-कर बोला, "हमारे यहां आपको बड़ी इज़्ज़त मिलेगी। कोई कष्ट नहीं होगा।"

किरणकंवर ने झीने घूंघट में से कहा, "दीवानजी! इज़्ज़त तो मुझे वहां भी बहुत मिलती थी।...कष्ट भी मुझे नहीं था, पर...।"

"पर...आगे कहिए।"

"पर वहां लुगाई को कोई नहीं समझता था। मुझे कोई नहीं जानना चाहता था।"

"मैं आपको समझूंगा।" दीवान ने घूंघट हटा दिया। अपूर्व रूप!

"किरणजी! मुझे आपकी सारी पीड़ाएं मालूम हैं। आपका पति नपुंसक है। ऐसा होने के बाद भी आपके लालची ससुर ठाकुर ने दहेज के लिए अपने बेटे की पांच-पांच शादियां कीं। एक तो बिलकुल लंगड़ी है। पर वह अपने साथ सात गांव दहेज में जो लायी थी।...उनमें आप ही अपूर्व सुन्दरी हैं। आपके रूप की झलक और बादलों में बिजली की चमक एक-सी है। मैं आपको सब कुछ दूंगा। आप यह भी विश्वास रखें कि कोई भी आदमी यह पता भी नहीं लगा सकता कि आप यहां हैं और आपका झूठी आन-बान-मान वाला ससुर दो-चार दिन में आटे का पुतला बना-कर उसकी अर्थी निकाल देगा। चर्चा करा देगा कि मेरे बेटे की बहू मर गई है। इन राजमहलों में यही सब नाटक होते हैं।

दीवान उसे अपलक निहारता रहा। फिर पूछा, "आप कोई शौक रखती हैं?"

"जी नहीं।"

"अमल—दारू··· ?"

"नहीं सा।"

''फिर दीया बुझा दूं।"

वह इस वाक्य का मतलब समझ गई। उसने कोई उत्तर नहीं दिया। दीवान ने किरणकंवर को आलिंगन में आबद्ध कर लिया और किरण की लुगाई तो इतनी भूखी थी कि वह सीमाहीन हो गई।

दीवान की डयोढ़ी में एक और ठाकुर की बेटी आ गई।

जब वह एकांत में होता था और इन नारियों के प्रति सोचता था तो उसे अजीब नशा चढ़ता था। कभी-कभी उसकी इच्छा होती थी कि वह इन औरतों को अनावृत करके अपनी हवेली के आंगन में जुलूस निकाले। उसी तरह का जुलूस जैसा एक बार राजा भगवानसिंह ने निकाला था।···

तब वह तेरह-चौदह साल का था। वह किसी राजवी ठाकुर के साथ राजा भगवानसिंह के ठिकाणे गया था। भगवानसिंह को राजा की उपाधि थी। वस्तुतः वह बहुत समृद्ध सामन्त था।

राजवी ठाकुर चेतसिंह के सम्मान में ढोलनियों के नृत्य की व्यवस्था थी। ठाकुर के विशाल डेरे के पश्चिमी प्रोल के आगे एक बारादरी पड़ती थी। यह बारादरी बंद थी। इसके कुछ हिस्से पर छत थी। छत के नीचे काले संगमरमर के सिंह-मुख के स्तंभ थे।

लेकिन उस दिन ढोलनियों ने नाच-गाने के लिए मनाही कहला दी। उनके समाज में एक जवान स्त्री की अकाल मृत्यु जो हो गई थी। ठाकुर ने इसे अपना घोर अपमान समझा। उसने अपनी सेना को भेज दिया। सेना के लोगों ने सारी ढोलनियों को ज़बरदस्ती चलने को विवश किया। नंगी तलवारों के पहरे में उन संतप्त ढोलनियों को लाया गया। ठाकुर ने उन सबको नंगा कर दिया। फिर उन्हें सलामी लेती हुई सेना की तरह कवायद

कराई। कितना करुणाजनक दृश्य था! ढोलनियां सुबक रही थीं। ठाकुर हंस रहा था। राजा भगवानसिंह दारू पीकर उन ढोलनियों के अंगों से यौन-विकृति-सूचक हरकतें कर रहा था। जो किशोर मन सीताराम को बहुत ही घिनौनी लग रही थीं।

सीताराम उस नंगी औरतें के जुलूस की स्मृति मात्र से अभी भी विमूढ़ हो गया। इस नंगे जुलूस का आखिरी दृश्य तो इतना पाशविक व दरिन्दगी भरा था कि इन्सान के भीतर के जंगली पशु की याद दिला देता है।

राजा भगवानसिंह ने दारू के नशे में मदान्ध होकर उस जुलूस में से एक लड़की को खींचा। लड़की ने अपनी किशोरावस्था पार की थी। वह लम्बे-चौड़े भगवानसिंह को देखकर एक अज्ञात भय से घिर गई। चीखी, "नहीं, नहीं। मुझे छोड़ दीजिए˙˙˙अन्नदाता! मैं आपकी गाय हूं, आपकी बेटी समान हूं।"

पर कामान्ध भगवानसिंह ने उस लड़की को वहीं पर सुला दिया। ठाकुर चेतसिंह भी कुछ कम कामुक नहीं था। वह भी शामिल हो गया।

एक पाशविक दृश्य!

मानवता को कलंकित करने वाले दृश्य!

पता नहीं, उस लड़की में कहां से बला की ताकत आ गई कि उसने भगवानसिंह को धक्का देकर उसका एक कान अपने मुंह में लेकर काटना शुरू किया। भगवानसिंह पीड़ा से तड़प उठा। वह तिलमिलाया—अरे बचाओ, बचाओ˙˙˙ मेरा कान˙˙˙!"

चेतसिंह उसकी कोई मदद करता, इसके पहले ही उस लड़की ने राजा का पूरा कान अपने मुंह में लेकर थूक दिया। रक्त की धारा बह चली। युगों से शोषित ढोलन नारियों में वह लड़की साक्षात क्रांति की देवी बन गई। उसने लपककर चेतसिंह की गर्दन पीछे से पकड़कर गंदी गालियां निकालनी शुरू कर दीं। गर्दन की पकड़ ज़रा तेज़ थी, इसलिए चेतसिंह गीऽऽऽऽ गीऽऽ करने लगा।

संयोग से उस समय उन नर-पिशाचों के अलावा वहां कोई नहीं था।

राजा भगवानसिंह का शरीर लहूलुहान हो गया। आखिर चेतसिंह ने उस लड़की को आगे की ओर खींचा।

सीताराम अब भी उस अमानुषिक दृश्य को याद कर पसीना-पसीना हो गया। उसके हृदय का एक-एक छोर करुणा-प्लावित हो गया।

'हे—ए—ए···'चेतसिंह दहाड़ा। वह राक्षस हो गया था। वह बलिष्ठ था। दारू के नशे और गुस्से में उन्मत्त और अवश। उसने उस लड़की को, धोबी जिस तरह कपड़ों को शिला पर फेंटता है, उस तरह जमीन पर फेंटा। फिर उसकी एक टांग को अपनी टांग के नीचे दाबा और दूसरी को अपने दोनों हाथों में लेकर कपड़े की तरह चीर डाला।

इतिहास स्तब्ध हो गया। पृथ्वी, आकाश और हवा में भी एक ठहराव आ गया था तब! इसके बाद डेरे के कारिन्दे आ गए और उन्होंने सारी ढोलनियों पर कोड़े बरसाने शुरू कर दिए।

सीताराम चेतसिंह के साथ आ गया था।

सीताराम बाद की घटनाओं से अपरिचित था ; लेकिन वह आज भी उस किशोर ढोलन की नृशंस हत्या को नहीं भूल पाया। आदमी के रूप में राक्षस हो जाता है—सत्ताधारी। यह सत्ता का लोभ और दंभ आदमी को कितना पतित बना देता है!

चेतसिंह की एक काली लड़की सीताराम की हवेली में थी। काली मांसलबदनी और आकर्षक नाक-नक्शे वाली वह युवती शायद सीताराम के प्रतिशोध का परिणाम ही हो।

सीताराम सीधा चेतसिंह की बेटी कोयलदे के पास गया। कोयलदे ने उसका स्वागत किया। सीताराम ने कक्ष का दरवाज़ा बंद करके उससे कुछ वार्तालाप किया। फिर वह ढोलिये पर बैठ गया। उसने कोयलदे को वस्त्र उतारने को कहा। कोयलदे निर्वस्त्र हो गई। सीताराम ने उसे अपने सामने चलने के लिए कहा। कवा-

यद कराई।

उसको देखकर सीताराम को बड़ा सकून मिला। कोयलदे सीताराम की इस विचित्र हरकत को ठगी-सी देखती रही। वह कालीकलूटी लुगाई निर्वस्त्र चलती हुई बहुत ही भद्दी लग रही थी।

सीताराम के मानस-पटल पर फिर वही नंगी ढोलनियों वाला रोमांचक दृश्य आ गया।

उसकी इच्छा हुई कि वह इन तमाम बड़े घराने की बेटियों को नंगा करके जुलूस निकाले!···

कोयलदे थककर हांफने लगी। बैठती हुई बोली, "क्या आपने आज नशा कर लिया है दीवानजी?"

सीताराम ने कहा, "हां।"

विधवा रानी के बेटा हुआ

राजवैद्य जी ने बताया कि राजमाता को क्षय रोग है। इन्हें हवा-पानी परिवर्तन के लिए किसी पहाड़ पर ले जाया जाए।

दीपादे को पहाड़ पर ले जाने की व्यवस्था कर दी गई। तीन पालकियां और डावड़ियां-दरोगे।

वडारन लूणी ने सीताराम की प्रशंसा में कई बासी बोदे शब्द उगले। बाद में कहा, "दीवानजी! मैं आपका लोहा मान गई। क्या दिमाग पाया है!

"क्या मतलब?"

"राजवैद्य को भी क्या चमका दिया!"

सीताराम धीरे से मुसकराया, "बडारनजी! मेरा नाम सीता-राम है। जब मैं इस रियासत के बड़े-बड़े लोगों को अपनी उंगली पर नचा सकता हूं, फिर वेचारा राजवैद्य किस खेत की मूली है?"

वास्तव में सीताराम ने कमाल कर दिया। उसने राजवैद्य को

बुलाया। एक डावड़ी को क्षय रोग था, उसे चादर में लपेटकर सुला दिया और राजवैद्य को चकमा दे दिया। राजवैद्य ने कहा, "क्षय-रोग तो है पर वह आरंभिक स्तर पर है, ठीक हो जाएगा।"

राजवैद्य ने एक माह की दवा दे दी।

बडारन लूणी के नेतृत्व में राजमाता का काफिला चला। रियासत के ही पहाड़ी किले सुन्दरगढ़ में दीपादे के रहने की व्यवस्था की गई। सुन्दरगढ़ के दो हिस्से थे। अगला और पिछला। अगले हिस्से में डावड़ियां और दूसरे में नौकर-चाकर ठहराए गए। पिछले हिस्से में लूणी और राजमाता दीपादे। भीतर और कोई नहीं आ सकता था। वैसे भी सभी को क्षयरोग के नाम से ही डर लगता था।

दीपादे के बच्चा होने के दिन करीब आ गए। लूणी को लगा कि दो-चार दिन में बच्चा होने वाला है। एक दिन उसने गंगली दैया को बुलाया। गंगली सभी से अपरिचित थी। बडारन ने दीवान को हिदायत दी थी, 'दाई ऐसी होनी चाहिए जिसे कोई नहीं जानता हो!' सीताराम ने दैया वैसी ही खोजकर भेजी। वडारन लूणी ने उसे गढ़ के पिछले हिस्से की एक कोठरी में ठहरा दिया।

दीपादे का पेट फूलकर बेडौल हो गया था। वह बेचारी लूणी से अच्छी तरह नज़र भी नहीं मिला सकती थी। एक लज्जा और ग्लानि में वह डूबी रहती थी और निगोड़ी लूणी जानबूझकर उसके सीने में वाक्य-बाण चुभोती रहती थी, 'राजमाताजी! आप ज़रा भी चिंता न करें। मैंने सारा प्रबन्ध कर लिया है। सब ठीक हो जाएगा।"

वह चुप रहती।

लूणी दुष्टता से फिर कहती, "राजमाताजी! लुगाई की यह लाय होती ही ऐसी है। इसने तो देवताओं तक को खड्डे में गिरा दिया था। फिर आपकी उम्र ही क्या है? मुझे तो आपके बेटा होता लगता है।"

वह फफक-फफक रो पड़ी।

लूणी एक विचित्र आत्म संतोष में खोई हुई दीपादे को साहस बंधाने लगी। दरअसल वह दीपादे को पीड़ा पहुंचाना चाहती थी। बोली, "अरे आप रोती क्यों हैं? यह सब होनी के खेल हैं। जो भाग्य में लिखा होता है, वह होकर ही रहता है। फिर यह ज़रूरी भी है। इस उम्र में सभी लोग ऐसा करते हैं।"···

दीपादे को अधिक पीड़ा होती थी।

और जिस रात दीपादे को प्रसव की भयंकर पीड़ा हुई तब लूणी ने गंगली को कहा, "दाई गंगाली! जल्दी चलो। मैं जहां ले जा रही हूं। वहां की बात को पेट में पचाकर रखना। बेहतर तो यही होगा कि तुम उसे सपना समझकर भूल जाना।"

गंगली चुप रही। उसने लूणी को साभिप्राय दृष्टि से देखा। लूणी उस तीखी नज़र का आशय समझती हुई पुनः बोली, "मेरी ओर आंखें फाड़कर मत देखो। मैं जो कहती हैं, उसपर अमल करना।"

गंगली फिर चुप रही।

"अरे, तू क्या गुंगी हो गई?"

"बड़ो हुक्म बडारनजी, मैं आपके हुक्म का पालन करूंगी।"

बडारन उसे दीपादे के कक्ष में ले आई। दीपादे को देखते ही गंगली उस ओर लपकी। वह आश्चर्य से बोली, "अरे, इनके तो टाबर होने वाला है, वह भी घड़ी-दोघड़ी में।"

लूणी ने चिढ़ते हुए कहा, "और फिर दाई को क्यों लाया जाता है! दाई ऐसी चीज़ तो नहीं है कि उसे सजा-संवारकर किसी आले में रखा जाए। काम होशियारी और सफाई से हो।"

दाई प्रसव कराने में लग गई। दीपादे जलहीन मछली की तरह तड़प रही थी। बडारन ने उसे पकड़ा। दैया अपने कार्य में मशगूल हो गई। लगभग आधे घंटे को जबरदस्त कोशिश के बाद दीपादे ने एक पुत्र को पैदा किया।

रात-भर लूणी और गंगली जागती रहीं। दीपादे को दूध और गंद की रवि दी गई।

दूसरी रात दीवान आया, दीपादे का कुशलक्षेम पूछने। वह बड़ी देर तक लूणी से बातचीत करता रहा। वह दीपादे से भी मिला।

दीपादे स्वस्थ थी। वह ढोलिये पर चित्त लेटी थी। उसने दीवान सीताराम से कहा, "अपने बेटा हुआ है, पर दीवानजी, यह दाई जिंदा न रहने पाए।"

"नहीं रहेगी।"

"आप मुझे इसका वचन दें।"

"मैं वचन देता हूं।"

दीवान और दीपादे के बीच सम्बन्धों की अजीब स्थिति थी। प्रेम और अपनत्वहीन सम्बन्ध! सिर्फ ज़रूरत की पूर्ति।

रात के अंधेरे में दीवान गंगली को लेकर चला। गंगली ने बच्चे को अपने साथ ले लिया। सामेर नगर की चारदीवारी के पास पहुंचते ही दीवान ने रथ को रोका। गंगली से कहा, "गंगली, जरा झारी में से पानी देना, बड़ी प्यास लगी है।"

गंगली ने नवजात शिशु को रथ में सुलाया। वह झारी लेकर दीवान के पास आई। दीवान ने उचककर गंगली को धर दबोचा। गंगली को एक बार इस अप्रत्याशित स्थिति ने विमूढ़ बना दिया। फिर वह चीखी। उसके मुंह से सिर्फ एक आवाज़ निकली। दूसरी बार वह चीखती, इसके पहले ही दीवान ने गंगली का गला दबा दिया। गंगली की आंखें फट गई। उसे घनी झाड़ियों के बीच फेंक कर दीवान नगर में चला गया।

नगर के भीतर एक मालियों का वास था। वहां रंभा मालिन रहती थी। रंभा धाय थी। उसके भी तीन माह का बच्चा था। दीवान ने रंभा को अपनी हवेली में बुलाया।

तब सुबह हो गई थी।

रंभा आई। दीवान ने उसे सारी बात समझाई, ''सुन धाय मां, यह मेरे मित्र का बच्चा है, इसकी देखभाल अच्छी तरह करनी है। इसके लिए तुझे ढेर सारा धन मिलेगा। लेकिन यह बात गुप्त रहनी चाहिए कि तू बच्चा कहां से लाई। यदि तूने ज़रा भी चालाकी की और भेद खोलने की चेष्टा की तो मैं तेरी सात पीढ़ी को कोल्हू में पिसवा दूंगा।"

रंभा ने दीवान के सात बार पांव पकड़े और कहा, "माई-बाप! मैं अपनी जान दे दूंगी पर यह भेद नहीं खोलूंगी।"

और दीपादे व सीताराम का लड़का रंभा धाय के यहां पलने लगा।

घोड़ों से बांधकर मार डालो

उस दिन तीन कुलीन वंशज पकड़कर लाए गए। इन तीनों में दो सामन्ती राजपूत थे और एक वैश्य! इन तीनों ने मिलकर गांव बसलगढ़ की एक धोबी की अत्यन्त सुन्दर बहू का अपहरण कर लिया था। वह बेचारा सात दिन थाने के चक्कर निकालता रहा पर उसकी रिपोर्ट तक दर्ज नहीं की गई, बल्कि उल्टे उस धोबी को उन तीनों ने मिलकर पीटा। बुलाकीसिंह नामक युवक ने कहा, "अरे धोबीड़ा! ऐसी सुन्दर बहू क्या तेरे झोंपड़े में रहनी चाहिए! यह तो महलों की शोभा है।''

सरदारसिंह ने उसकी पगड़ी उछालते हुए कहा, "ज्यादा चप्पर-चप्पर की न, साले के घुटने तोड़कर रख दूंगा।"

बनिया तो बनिया ठहरा। बोला, "अरे धोबी भाई, दस-बीस रुपया लेकर पीछा छोड़।"

अजीब ज़बरदस्ती थी।

वह बार-बार थाने जाता। थानेदार ने कहा, "तू मुंह में मूंग डालकर बैठ जा। मैं रपट लिख दूंगा तो यह मेरी भी खाल उधेड़

देंगे। ये तीनों आफत के परकाले हैं।"

संयोग की बात कि उधर से सीताराम दौरे पर निकला। उसके साथ उसके बन्दूकधारी थे। किसीने धोबी जस्सू को उकसाया, "तू दीवानजी के पांव पकड़ ले, वे तुझे ज़रूर न्याय दिलाएंगे। ये गरीबों के बड़े हमदर्द हैं।"

मरता क्या नहीं करता?

जस्सू सीताराम के रथ के आगे खड़ा हो गया। वह रोता हुआ बोला, "खम्भा धणियां खम्भा···दीवानजी, दुहाई है, दुहाई!"

दीवान ने अपना रथ रोक लिया। उसके पीछे चार बैली थीं। उसमें दीवानजी के लिए रसद व अन्य सामग्री थी। उसके पीछे बन्दुकधारी सैनिक। उनकी बन्दूकें बांस-बांस जितनी लम्बी थीं। बड़ी विचित्र!

दीवान के रथ के साथ सब कुछ ठहर गया। सीताराम ने रथ पर बैठे हुए पूछा, "क्या बात है?"

"अन्नदाता! मेरी घरवाली को यहां के तीन लांठे (ताकतवर) आदमियों ने भगा लिया है। मैं सबकी देहरी पर सिर पटक-पटककर रह गया, पर मेरी कोई नहीं सुनता। आप धर्मात्मा हैं, आपका धूंसा चारों दिशाओं में बजता है! प्रभु, मेरी घरवाली मुझे दिलवाइए।"

सीताराम ने गंभीर होकर पूछा, "तू ने थाणे में रपट नहीं लिखवाई?"

"थाणेदार भी उन तीनों से डरता है। माई-बाप! सबके बाल-बच्चे हैं न?"

थाणेदार हाजिर हुआ। वह थर-थर धूज रहा था। सीताराम ने उसे डांटा, "थानेदारजी! आप इन तीनों को हमारी हकूमत से भी अधिक लांठा समझते हैं।"

"नहीं, माई बाप!"

"फिर इस गरीब के साथ न्याय क्यों नहीं किया? आप तो

राजपूत हैं। राजपूत होकर धर्म की बात करते, आपको भय लगता है!''

"बात यह नहीं है दीवानजी, यहां कोई सुरक्षा की बड़ी व्यवस्था नहीं है।"

"उन तीनों को हमारे सामने इसी पल पकड़कर लाया जाए। आप हमारे सिपाही ले जाइए।"

थानेदार उन तीनों के ठिकानों को जानता था। वह उन्हें पकड़ लाया। उन्हें सीताराम ने कहा, "इस धोबी की घरवाली कहां है?"

"हमें क्या मालूम?"

"अभी मालूम होता है।'' सीताराम ने ताड़ना-भरे स्वर में कहा, ''केसरीचंद!"

केसरीचंद ने अपना चमड़े का चाबुक निकाला। उसका अनुसरण पांच दूसरे लोगों ने किया। सबके हाथ में चाबुक चमक उठे। घोड़ों का घेराव किया गया। अब उन तीनों पर बेरहमी से चाबुक बरसने लगे। यह शायद इतिहास की पहली घटना थी कि इतने शक्तिसम्पन्न लोगों को भरे बाजार जानवरों की तरह पीटा जा रहा था। वे कुछ ही क्षणों में घबरा गए। विशेषकर बनिया 'मर गया-मर गया' चिल्लाने लगा और उस ने कह दिया, "इन दोनों ने उसे मार डाला।"

चाबुक रुक गए। बनिये ने रोते-रोते बताया, " हम तीनों जस्सू की बहू को लेकर 'जय तालाब' पर गए। हम लोगों ने दारू पी। जस्सू की बहू राक्षसों के बीच परी की तरह कांप रही थी। वह रो-रोकर कभी मेरे और कभी इन दोनों के पांव पड़ रही थी। वह बेचारी कह रही थी, मुझे छोड़ दीजिए, कंवर सा मुझे छोड़ दीजिए!'' ''पर हम तो आदमी के रूप में भेड़िये हो गए थे। हमने उसे अपने बीच में लिया। वह जोर-जोर चीखी। उसकी चीखों को उस घोर जंगल में कौन सुनता? इस बीच बुलाकीसिंह ने

जस्सू की बहू के तीन-चार चांटे मार दिए। वह सुन्न-सी हो गई। सरदार सिंह ने उसे नंगा करना चाहा। वह तालाब की ओर भागी। शायद वह जल में डूबकर आत्महत्या करना चाहती हो! पर सरदारसिंह ने उसे पकड़ लिया।

"चांदनी पसरी हुई थी।

" बुलाकी ने एक झटके में उसकी कांचली उसके सीने से अलग कर दी। सरदारसिंह ने दूसरे झटके में घाघरे का नाड़ा तोड़ दिया। अब वह विवस्त्र थी। हम तीनों पापी उसपर टूट पड़े। आखिर वह मर गई। हमने उसे तालाब में डाल दिया। यही सच्ची बात है।···दीनदयाल! जस्सू की बहू मर चुकी है।"

जस्सू अपना सिर पीट-पीटकर रोने लगा। वह जमीन से सिर फोड़ लेता पर दीवान के आदमियों ने उसे पकड़ लिया।

दीवान के नेत्रों में खून उतर आया। यह अत्याचार की हद थी। वह घृणा से बोला, "इन कमीनों को घोड़ों की पूंछों से बांध-कर मार डालो ताकि दूसरे आदमी सबक लें।"

तभी बहादुरमल ने धीमे से कहा, "दीवानजी! ये तीनों बहुत बड़े लोगों के बेटे हैं।"

"बड़े लोगों की ऐसी की तैसी।" दीवान ने अत्यन्त ही घृणा से कहा, "क्या बड़े लोग छोटे लोगों को जीवित नहीं रहने देंगे? बहादुरमलजी! अब इनके बाप का राज्य नहीं है। रियासत का दीवान मैं हूं। मैं इनकी सारी अकड़ मिटा डालूंगा।"

लोग देखने लग गए। कुछ लोग उन तीनों के घर की ओर भागे। इस बीच उन तीनों को घोड़ों की पूंछों के बांध दिया गया। बनिया दहाड़ मार-मारकर रो रहा था, "दीवानजी मुझे छोड़ दीजिए, मैं तो इन दोनों की बातों में आ गया था। दोनों सामन्त-पुत्र बिलकुल मौन थे। मृत्यु के भय ने उनको जड़ीभूत कर दिया था।

सीताराम ने कहा, "घोड़े दौड़ाओ!"

घोड़े दौड़ने लगे। वे तीनों युवक रोये-चीखे। तीनों के घर वाले आ गए। उनके हाथों में तलवारें थीं, पर बन्दूक को देखकर के एक पल सहमे। बुलाकी के बाप ने कहा, "दीवानजी! हमारे बच्चों को छोड़ दीजिए वरना खून-खराबा हो जाएगा।"

"किसीने मेरी दंड-व्यावस्था में बाधा पहुंचाई, उसे मैं गोली से भून दूंगा। यह बांस की तरह लम्बा हथियार बहुत विचित्र है। इसमें से एक छोटी-सी गोली निकलती है और आदमी को मार डालती है।"

घोड़े दौड़ते रहे। अंत में दोनों सामन्त अपने चंद आदमियों के साथ दीवान पर टूट पड़े। वे कुछ करते, इस बीच धांय-धांय की आवाजें हुईं, वे ठंडे पड़ गए। लगभग पन्द्रह जने मारे गए। आतंक और सन्नाटा छा गया।

दीवान सीताराम ने कहा, "इस घटना से उन पापी बड़े लोगों को सबक लेना चाहिए। उन्हें यह समझना चाहिए कि सबकी इज़्ज़त एक-सी है, सब आदमी बराबर हैं। मेरे राज्य में कोई बड़ा आदमी छोटे आदमी को नहीं मार सकेगा।"

उसने जस्सू और उसके परिवार को दर्द-भरे स्वर में कहा, हम तेरी बहू को तो वापस ज़िदा नहीं कर सकते पर तुझे हमने इन्साफ दे दिया। तू भरोसा रखना कि तुझे सदा इन्साफ मिलेगा।"

जस्सू रोता रहा। वह गरीब बोला, "न मुझे मेरी ब मिली और इतनी जाने और गई।"

"कभी-कभी छोटे अपराध के लिए बहुत बड़ा दंड देना पड़ता है ताकि न्याय का गला न दबे और फिर कभी वैसा अपराध करते समय अपराधी का कलेजा कांप जाए।"

दीवान सीताराम का काफिला चल पड़ा।

मृतकों की लाशें उनके सम्वन्धी उठाने आ गए। इस हत्या-कांड ने हा-हाकार मचा दिया। घटनास्थल पर करुणा-भरा दृश्य उपस्थित हो गया। बनिये की मां बड़ी थुल-थुल थी, वह

अपने बेटे की लाश पर पड़कर करुण-विलाप कर रही थी।

एक वृद्ध राजपूत ने कहा, "आज तक किसीने हम राजवी-राजपूतों को आंख उठाकर नहीं देखा, पर आज हमारा सब कुछ मलियामेट हो गया है।···समय जो बदल गया है।"

फिर वह विमुढ़-सा खड़ा रहा।

दो अंग्रेज़ों की हत्या

इस हत्याकांड ने सारी रियासत में असंतोष फैला दिया। राजवी सामन्त, उमराव अमीर और अन्य प्रतिष्ठित लोगों ने इसे अपना घोर अपमान समझा। एक धोबी के लिए तीन अभिजात्य वर्ग के लोगों को मार देना, यह सर्वथा सत्ताधारी लोगों के अस्तित्व पर प्रहार था। इसलिए इसके विरुद्ध राजधानी में प्रदर्शन हेतु लगभग अस्सी प्रतिशत ठिकाणेदार और साहूकार एकत्रित हुए।

एक खास दरबार लगा। उस दरबार में राजमाता स्वयं नन्हें महाराजा को गोद में लेकर बैठी। दीवान, सेनापति, राजमल, बडारन लूणी के अलावा असंतुष्ट सामन्त व उमराव वर्ग उपस्थित थे।

आरोपों व प्रत्यारोपों के बीच सीताराम मौन बैठा रहा। उसकी आकृति पर पथराव सा था। वह काफी निर्भीक लग रहा था। असंतुष्ट लोगों ने चीख-चीखकर अन्याय की व्याख्या की और यह भी धमकी दी, ''यदि ऐसा फिर हुआ तो खून की नदियां बह जाएंगी। हम राजमाता से अनुरोध करते हैं कि दीवानजी उन लोगों से क्षमा मांगे।"

जब सब लोग बोलकर शांत हो गए तब सीताराम बोला, "एक हजार एक श्री श्री राजमाता जी, ठाकुर सा व उमराव सरदार! मैं दीवान होने पर रियासत की हर अच्छी-बुरी बात का जिम्मेदार हूं। राज्य में शांति स्थापना करना मेरा धर्म है और

न्याय की सही व्यवस्था करना मेरा कर्तव्य। जो घटना प्रजा को अराजकता की ओर ले जाती है, उसकी पुनरावृत्ति मैं खुद नहीं चाहता। मैंने जिन अपराधियों को दंड दिया है, यह उसीकी रोक-थाम है। मैं नहीं जानता कि वे लोग कौन थे? मैं सिर्फ इतना जानता था कि वे मनुष्य के रूप में राक्षस थे, दैत्य थे।" उसने राजमाता की ओर संकेत करके कहा, "मैं धर्मपरायणी राजमाताजी और इस पवित्र सिंहासन की गरिमा के लिए अपराधी का रंग-रूप, जाति-धर्म, घर-परिवार नहीं देखता। मैं देखता हूं कि उसने कितना संगीन अपराध किया है! उन तीनों ने मनुष्यता पर कलंक लगाया है, क्षत्री जाति को बदनाम किया है। ऐसे नर-पिशाचों का रियासत में रहना बहुत ही खरनाक है। आज उन्होंने धोबी की बहू को ज़बरजन्ना करते-करते मार डाला तो कल आपकी बहू-बेटी के साथ भी तो ऐसा घृणित काम हो सकता है। कहावत है—जेड़ा पड़ा सुभाव जासी जीव सूं।···यानी जिसका जो स्वभाव पड़ जाता है, वह मरने के बाद ही जाता है।···ऐसे वासना के सांपों को कुचलना हम सबका कर्तव्य है। मैं आपको अपनी ओर से और महाराजा सा की ओर से वचन देता हूं कि ऐसी घटना की फिर पुनरावृत्ति नहीं होगी। साथ ही मैं आपसे भी वचन लेना चाहता हूं कि आप जैसे श्रेष्ठ और पवित्र रक्त वाले बड़े आदमी इतना जघन्य और घृणित कृत्य नहीं करेंगे। ये हम सबको शोभा नहीं देता।···आप अपने वचन पर कायम रहें और मैं अपने वचन पर। क्यों राजमाताजी, क्या मैं झूठ बोल रहा हूं? आपकी छत्रछाया में यदि रामराज्य न आए तो फिर कब आयेगा?···एक आपका यह रामराज्य है जहां धोबी की बहू को जबरजन्ना करके मार डाला जाता है, एक वह सूर्यवंशियों के राम का राज्य था, जहां धोबी के कहने पर मां सीता की परीक्षा ली गई थी।"

दीवान इतना कहकर बैठ गया।

राजमाता ने उठते हुए कहा, "दीवानजी ठीक फरमा रहे हैं।

सभी लोगों को एक सा न्याय मिलना ही चाहिए।"

सामन्तों व साहूकरों को लगा कि राजमाता उनकी पीठों पर चाबुके मारकर चली गई है।

वे सभी लोग एक गुप्त-स्थान में एकत्रित हुए। ठाकुर भानुदास ने कहा, "दीवानजी जादूगर हैं। उसने राजमाता पर जादू कर रखा है।"

"इसका मतलब यह हुआ कि दीवानजी कल हमारे ठिकाणों की आंतरिक व्यवस्था में भी हस्तक्षेप कर सकते हैं। वहां भी हजारों दास-दासियां हैं।"

ठाकुर प्रेमसिंह ने कहा, "हमें सीधी लड़ाई ठान लेनी चाहिए।"

साहूकार रामरतन बनिया था। वह सोचकर बोला, "दीवानजी के पास बड़ी ताकत है। हम लड़ाई में उसे नहीं हरा पाएंगे। अच्छा तो यह होगा कि दिल्ली में जो कम्पनी सरकार है, उससे इस मामले में हस्तक्षेप करने के लिए कहा जाए। हमें राजा पृथ्वीपालसिंहजी से भी भेंट करके उन्हें भी इस स्थिति से परिचित कराना चाहिए तथा उनसे भी सलाह लेनी चाहिए।"

साहूकार रामरतन की बात सबने मान ली। ये सभी गुप्त-रूप से राजा पृथ्वीपाल के पास गए और उसे सारी स्थिति समझाई।

यह सही था कि सीताराम से दीपादे बहुत आतंकित थी। उसने उससे शारीरिक सम्बन्ध स्थापित करके अपने को और कमज़ोर कर लिया था पर उसका दीवान सीताराम से किसी तरह का कोई आत्मिक लगाव नहीं था। इसलिए उसने अपने पिता को एक पत्र लिखा था, जिसमें उसने इस बात का जिक्र किया था कि दीवानजी ने सारी राज्य-व्यवस्था संभाल रखी है पर मुझे खतरा है कि कहीं वह रियासत पर अधिकार न कर ले? वह मेरा पूरा वफादार है। पर मैं उससे डरती भी हूं।

इस पत्र के संदर्भ में राजा पृथ्वीपालसिंह ने अंग्रेजों से मदद मांगी। कम्पनी सरकार तो रियासत को अपनी संधि के अन्तर्गत लेना चाहती ही थी। उसने तुरन्त ही दो व्यक्तियों मिस्टर ऑलिवर और मिस्टर हेलरी को स्थिति की सही जानकारी लेने के लिए भेजा।...

ये दोनों शाही मेहमान रहे।

इनकी राजमाता व दीवान के साथ बैठकें हुईं। सीताराम अंग्रेज़ी भी जानता था। उसने उन्हें दारू के जाम देते हुए कहा, "हम आपका स्वागत करते हैं। कम्पनी सरकार के प्रति मैं अपनी शुभकामनाएं दे रहा हूं।"

ऑलिवर ने जाम का एक घूंट लेकर कहा, "हम एक मामले की सही जानकारी लेने के लिए आए हैं।"

"कौन से?"

"कि आपने उन तीन आदमियों को कानून की किस धारा के अन्तर्गत मारा?"

सीताराम की भौंहें तन गईं। वह गंभीर स्वर में बोला, "मिस्टर ऑलिवर! हम आपकी इज़्ज़त करते हैं, इसका मतलब यह नहीं है कि हम आपसे डरते हैं।"

ऑलिवर हठात बोला, "नहीं-नहीं, दीवानजी, हमारा ऐसा मतलब नहीं है।"

"जब आपका ऐसा मतलब नहीं है तब आप हमारे आंतरिक मामलों में क्यों हस्तक्षेप कर रहे हैं?...हमने अपने अपराधियों को किस धारा के अन्तर्गत दंड दिया है, यह आप पूछनेवाले कौन हैं?" कहकर सीताराम ने दीपादे की ओर देखा। दीपादे निश्चल सी बैठी थी। उसे अंग्रेज़ी का एक शब्द भी नहीं आता था, इसलिए उसके पल्ले कुछ भी नहीं पड़ रहा था। सीतारात प्रभावशाली स्वर में बोला, "यह सब हमारी पूजनीय राजमाताजी पूछ सकती हैं क्योंकि यह हमारा नितांत घरेलू मामला है। हम चाहते

हैं कि आप यह सब न पूछे तो बेहतर।"

"हम तो इसलिए पूछ रहे हैं कि कहीं दंगा-फसाद न हो, बेवजह अराजकता न फैले।"

"आप पराए दुःख में दुबले क्यों हो रहे हैं?"

"हम इस बात को नज़रअंदाज़ कैसे कर सकते हैं?" हेलरी ने कहा, "आपके सारे ठिकानों में असंतोष फैला हुआ है, इसका प्रभाव हमारे सीमावर्ती इलाकों पर भी पड़ सकता है।"

सीताराम आश्चर्य-भरे स्वर में बोला, "अरे वाह, आप तो वैसी बात करने लगे जैसी भेड़िए ने मेमने को कही थी कि पिछले साल तेरे बाप ने मुझे गाली निकाली थी, इसलिए मैं तुझे खाऊंगा!"

"दीवान सीताराम! आप हमारी ताकत को जानते ही हैं। हम नहीं चाहते कि हमारे बीच तनाव पैदा हो, आप राज्य की व्यवस्था के लिए हमसे संधि कीजिए।"

"हम अपनी शक्ति, विश्वास और बुद्धि को आपके पास गिरवी नहीं रख सकते। हमें अफसोस है कि हम आपकी कोई बात नहीं मान सकते।"

"सोच लीजिए। परिणाम बुरा हो सकता है।" हेलरी ने धमकी दी।

"हम गीदड़-भभकियों से नहीं डरते।" सीताराम ने कहा, "और आपसे आशा करते हैं कि फिर कभी हमारे आंतरिक मामलों में हस्तक्षेप करने की चेष्टा नहीं करेंगे। परिणाम ठीक नहीं रहेगा।"

धमकी पर धमकी।

राजमाता ने कहा, "मैं इनसे अकेले में बात करना चाहती हूं।"

"इन्हें तो हिंदी नहीं आती।"

"ऑलिवर झट से बोला, "मुझको ईन्दी और मारवाड़ी दोनों

आटी है। हम राजमाताजी से बात कर लेगा। घणी खम्भा राजमाताजी नै, कांई फरमावो सा···?"

सीताराम चौंक गया। राजमाता ने कहा, "दीवानजी! हमें थोड़ा-सा समय दीजिए। आप विश्वास रखें, हम आपके विरुद्ध एक शब्द नहीं कहेंगे।"

लेकिन दीपादे ने सीताराम की अनुचित हरकतों का जिक्र करते हुए कम्पनी सरकार से संधि करनी चाही। ऑलिवर व हेलरी ने मसविदा भी बना लिया। ऑलिवर ने कहा, "मैं गर्वनर जनरल से बातचीत करके इस संधि पर हस्ताक्षर करा लूंगा। फिर सीताराम को डिसमिस, मतलब दीवान पद से हटा दूंगा।···इसने चारों तरफ अपना आतंक फैला रखा है।"

सीताराम ने सारी बात गुप्तरूप से सुन ली। उसने लूणी के कान में एक मंत्र फूंका। लूणी ने उस मंत्र को जंगल की आग की तरह सारे नगर में फैला दिया। वह और उसके समर्थक कहते रहे—"दो गोरे आए हैं, वे महाराजा को सिंहासन से उतारकर खुद राजकाज संभालना चाहते हैं। संभवतः वे महाराजा की हत्या भी कर दें।" अफवाहों पर अफवाहें !

जब ऑलिवर व हेलरी 'बग्गी' में बैठकर जा रहे थे, तब भीड़ ने उन्हें घेर लिया। वे चार घोड़ों की बग्गी में थे। घोड़े हिनहिनाकर पांव उठाने लगे। ऑलिवर ने कोचवान से कहा, "घोड़े भगाओ।"

घोड़े भागे। दो आदमी मर गए। भीड़ एकदम उत्तेजित हो गई। उसने घोड़े की लगामों की पकड़ लिया। ऑलिवर ने पिस्तौल निकालनी चाही पर किसीने उसे पकड़कर नीचे खींच लिया। हेलरी ने उसे बचाना चाहा पर वह भी हिंसक भीड़ के कब्जे में आ गया।

भीड़ पागल होती है। विवेकहीन होती है। उसने ऑलिवर और हेलरी की हत्या कर दी।

बडारन दीवान की हवेली में गई। उसने दीवान को यह खुश-खबरी सुनाई, "दोनों गोरों को वानरों की प्रजा ने हत्या कर दी है।"

"हत्या?" सीताराम चौंककर खड़ा हो गया। वह गर्दन हिलाकर बोला, "यह तो बहुत बुरा हुआ। लूणी मैंने तुझे उन्हें पकड़कर वे कागज छीनकर लाने के लिए कहा था। भीड़ तो केवल उन्हें आतंकित करने के लिए इकट्ठी की गई थी।"

"कागज़ भी ले आई हूं।" उसने अपने घाघरे के भीतर से कागज़ निकालकर दे दिए।

"अब इन कागज़ों का क्या लाभ?" उसने पश्चात्ताप करते हुए कहा, "गोरों की हत्या, और उन गोरों की हत्या जो कम्पनी सरकार के महत्वपूर्ण पदों पर हैं, हमपर महासंकट लाएगी।··· लूणी! हमारा समय भी गया। अब गोरे हमपर आक्रमण ज़रूर करेंगे। उनके साथ ये सामन्त मिलेंगे। तू किसनी को बुलाकर ला।"

बडारन किसनी को बुला लाई। किसनी के मकान को सीताराम ने बनवाया था। उसमें कई तलभंवरे (तहखाने) थे। उनके रास्ते भी रहस्यमय थे।

सीताराम ने अपना और लूणी के बहुमूल्य हीरे-जवाहरात, माणक-मोती और सोना-चांदी किसनी के तहखानों में भरवा दिया। यह काम उसने रातोरात किया और बहत गुप्तरूप से किया।

उसने केसरीचन्द को बुलाकर कहा, "तुम अपने विश्वासी बन्दूकधारियों के साथ किसी अज्ञात स्थान को चले जाओ। बस, चंद ही बन्दूकधारियों को लेकर ताकि किसीको यह वहम न हो कि सारे बन्दूकधारी भाग गए हैं?···तुम मेरे दोस्त रहे हो। मैं तुझे वचन देता हूं कि हम एक शानदार जीवन कहीं दूर चलकर जीएंगे। मैं आज ही भाग सकता हूं पर मैं अंतिम लड़ाई लड़कर भागूंगा। मैं जान गया हूं कि अब मेरा पतन आ गया है। मेरे

पतन के साथ मेरे साथियों का भी पतन होगा।···इसलिए मैं अपने साथियों को सचेत कर रहा हूं। केसरीचंद! तुम सब यह विश्वास रखो कि हमें कोई भी मौत की सज़ा नहीं दे सकता। वे हमें कैद करेंगे और उम्र-भर के लिए कैद! और उस कैद से तुम्हें हमें निकालना है। स्वयं को छुड़ाना है। बस।"

"जो हुक्म दीवानजी।"

"भेष बदलकर यहां की गतिविधियों का ध्यान रखना।"

"आप चिंता न करें।"

सीताराम सच्चा भविष्यवक्ता साबित हुआ। उसने जान लिया कि अब उसके दिन भी बीत गए हैं। उसका भी सुख-सूर्य एक बार के लिए अस्ताचल की ओर जा रहा है।

वह दीपादे के पास आया।

दीपादे उसके आगमन से कांप गई। सीताराम ने कहा, "राणीजी! मैंने यह नहीं समझा था कि आप मेरी वफादारी का यह बदला देंगी। मैं चाहूं तो अब भी आपका सर्वनाश कर सकता हूं, पर मैंने आपका नमक खाया है। आपसे सच्चा प्रेम (!) किया है, इसलिए मैं ऐसा नहीं करूंगा।···मैं चाहूं तो आपको इस किले की सबसे ऊंची मीनार से कूदकर आत्महत्या करने के लिए मजबूर कर सकता हूं, क्योंकि दाई गंगली अब भी मेरी कैद में है, वह बच्चा अब भी मेरे पास है, वे कपड़े भी मेरे पास हैं जिन्हें पहन-कर आपने प्रसव किया था। मैं यह भी बता सकता हूं कि आपकी जांघ पर एक काला दाग है।"

"नहीं सीतारामजी, आप ऐसा न करें। मैंने जो कुछ किया, उसके लिए मैं आपसे माफी मांगती हूं।" वह सीताराम के पास आ गई। बोली, "दरअसल इधर मैं आपसे इतना डरने लगी थी, जितना बिल्ली कुत्ते से। अजीब-सा आतंक! मैं आपकी और बडारणजी की रक्षा करूंगी।"

सीताराम हंसा। हंसकर बोला, "हमारी रक्षा सिर्फ ईश्वर

कर सकता है, यदि वह हम पर दयालु है तो अब तो घटनाएं हमारे विरुद्ध बहुत हो गई हैं। बस, आपसे दो ही प्रार्थनाएं हैं—पहली यह है कि मालियों के बास में रंभा धाय मां के यहां अपना बेटा पल रहा है, उसे एक अच्छा इन्सान बनाना।...दूसरी अपनी जान देकर भी मुझे व बडारनजी व मेरे अन्य साथियों को फांसी के फंदे पर न चढ़ने देना।"

"मैं दोनों बातों के लिए आपको वचन देती हूं।" दीपादे तड़पकर बोली, "पर आप इतने हताश क्यों हो रहे हैं?"

"सीताराम ने सदा वास्तविकता को समझा है। अब घटनाओं व स्थितियों की वास्तविकता यही है कि मेरा पतन होगा, ज़रूर होगा।"

सीताराम चलने लगा। दीपादे ने लपककर उसे अपनी बांहों में भरना चाहा। उसने दीपादे को एक झटका दिया, "इस नाटक को बंद करो!...बहुत कर लिया आपने नाटक!"

और सीताराम चला आया।

दीवान व बडारन को उम्रकैद

सीताराम ने कुछ सच्ची और कुछ झूठी जो धमकियां दी थीं, उनसे दीपादे भयभीत हो गई। वह ठान बैठी कि वह सीतारामजी, उसके साथियों और बडारनजी की रक्षा करेंगी।

सीताराम ने केसरीचंद को कई स्थितियां समझाईं। अधिकांश सामन्त, अंग्रेज़ी सेना और राजा पृथ्वीपाल की सेना ने सामेर की ओर कूच किया। सीताराम पहले ही दीपादे के संग राजा पृथ्वीपालसिंह के सम्मुख चला गया और उसने आत्मसमर्पण कर दिया।

"मैं निर्दोष प्रजा और सैनिकों का रक्त बहाना नहीं चाहता।

मैं अपने आपको बडारनजी सहित आपके हाथों में सौंपता हूं।"

पृथ्वीपाल उसकी इस हरकत से हैरान हो गया। अंग्रेजी सेना का कर्नल इर्विन भी इस स्थिति से अवाक् रह गया। सीताराम ने पहले हिन्दी में कहा, "मैंने सदा इस सिंहासन की रक्षा और सम्मान के लिए काम किया है। मैं और बडारन लूणीजी ने अपनी जान पर खेलकर महाराजा की जीवन की रक्षा की थी। हमने सदा न्याय के लिए कठोरता की, यदि ये ही सब अपराध हैं तो हम गुनाहगार हैं। मैं आज भी अपनी सेना को हुक्म देकर यहां खून की नदियां बहा सकता था, पर मैंने ऐसा नहीं किया क्योंकि मैं यहां के हर अच्छे और कर्तव्यनिष्ठ इन्सान का मित्र हूं।"

सीताराम ने फिर अंग्रेजी में कहा, "माननीय कर्नल महोदय, यह ध्यान में रखें कि मिस्टर ऑलिवर व हेलरी की हत्याएं उत्तेजित भीड़ ने की थी। भीड़ को कोई नहीं रोक सकता। वह तो तूफान होती है। भीड़ ने उसे क्यों मारा, इसकी जांच के बाद पता चला कि जनता को यह बताया गया था कि ये दोनों महाराजा सा को सिंहासन से उतारने आए हैं। इसमें मेरा और बडारनजी का कोई कसूर नहीं है।"

इर्विन ने उन दोनों को मृत्युदंड देना चाहा पर दीपादे आड़े आ गई। उसने कहा, "इन दोनों की सेवाएं देखकर इन्हें क्षमा किया जाना चाहिए। यदि आप लोग क्षमा न करें तो इन्हें उम्र कैद की सज़ा दे दें।"

इर्विन ने अपनी टूटी-फूटी हिन्दी में कहा, "इन दोनों ने बड़े अपराध किए। इन्होंने जनता को लूटा है, सामन्तों को सताया है, कई सम्माननीय लोगों की हत्याएं की हैं, यहां तक कि दीवानजी ने अपनी हवेली में सामन्तों की कुवांरी व शादीशुदा औरतों को भर लिया है। इसमें बडारनजी का भी हाथ है।"

एक ठाकुर बोला, "इन्हें जिंदा जला दिया जाए, ये मेरी

लाडली को चुपचाप भगाकर ले गए थे।"

कई ठाकुरों ने उसपर ये ही आरोप लगाए। एक ने कहा, "सीतारामजी ने उनके डेरे को एक धाड़ेती के भ्रम में लूटा। लाखों रुपयों का माल ले गया।"

"ठाकुर मनोहरसिंह ने कहा, "मेरे दस सम्बन्धियों को दीवानजी ने मौत के घाट उतार दिया क्योंकि उन्होंने एक किसान की झोपड़ी में आग लगाकर उसकी बीवी को जला दिया था।"

"एक चमार के बदले इन्होंने ठाकुर भूरसिंह की मूंछे कटवा दी थीं।"

आरोप और आरोप!

इर्विन ने कहा, "कोचवान की चश्मदीद गवाही यह है कि ऑलिवर साहब के हत्यारों ने उनकी जेब में से कागज-पत्र भी निकाले थे। इससे साफ लगता है कि उन दोनों की हत्याओं में इनका हाथ है।" एक साहूकार ने एक स्त्री को पेश किया। उसने बताया, "मुझे बडारनजी ने कहा था कि ये दोनों महाराजा सा को सिंहासन से हटाना चाहते हैं।"

इर्विन ने फिर जोरदार शब्दों में कहा, "ये दोनों बड़े अपराधी हैं। इन्होंने बड़े-बड़े अपराध किए हैं। इन्हें मौत की सज़ा ही दी जाए।"

पर राजमाता दीपादे अड़ गई। उसने साफ कह दिया, "यदि कम्पनी सरकार हमसे अच्छे सम्बन्ध स्थापित करना चाहती है तो इन्हें फांसी की जगह उम्र कैद की सज़ा दें। इन्होंने जो भी अपराध किए हैं, उनकी तह में राज्य में शांति स्थापना और महाराजा की भलाई ही थी। इनके अपराधों के साथ इनके वे कार्य भी देखने चाहिए जिनसे आज महाराजा जीवित हैं।···मैं इनके अहसान कभी नहीं भूल सकती। इसलिए मैं राजमाता होने के कारण इन्हें मौत की सज़ा देने के पक्ष में नहीं हूं। आप इन्हें उम्र कैद या देश

निकले की सज़ा दे सकते हैं।"

जब दीपदे किसी भी कीमत पर राज़ी नहीं हुई तब सीताराम और बडारन लूणी को सोनारगढ़ में आजीवन कैद की सज़ा भोगने के लिए भेज दिया गया।

दोनों को अत्यन्त ही गुप्त रूप से सोनारगढ़ ले जाया गया। यह किला सामेर से पश्चिम दिशा में रेगिस्तान में स्थित एक चट्टान पर बसा था। कहते हैं कि उस किले में कभी बागी राजवी राजपूत कल्ला सरदार रहता था। यह कल्ला सरदार बहुत बड़ा डाकू और ऐय्याश प्रेत था जो भाटी रावलों की सहायता से लूट-पाट करता था और स्त्रियों का अपहरण करता था। कालान्तर में यह किला वीरान हो गया और सामेर रियासत के अधीन आ गया।

यह किला वर्षों से बंद था। ऐसी व्यवस्था की गई कि किले में पांच राजपूत सदा पहरा देंगे। वे ही इन दोनों को मोंठ की दाल और बाजारी की रोटी देंगे। कूए का पानी पिलाएंगे। वे स्थाई रूप से वहीं रहेंगे।"

इस व्यवस्था के लिए पचास ऊंट सवार सोनारगढ़ आए। इनका नेता था—दलपतसिंह। दलपतसिंह ने तीन दिन रहकर सारी व्यवस्थाएं कर दीं।

सब लौट आए। सोनारगढ़ में अब पांच राजपूत ठाकर पहरा देते थे। वे ही सीताराम और बडारन की देख-भाल करते थे।

बडारन खुश थी। उसने एक रात घास के बिस्तर पर सोते हुए कहा, "सीताराम! मैं तो चाहती हूं कि हम इसी किले में आजन्म कैद रहें। यहां एकांत है, सन्नाटा है। इस सन्नाटे में केवल हम दोनों की धड़कनों की आवाज़ है, हमारे प्रेम में कोई बाधक नहीं है। केवल हम···केवल हम।"

सीताराम ने लूणी को बांहों में भरकर कहा, "हमने अपने जीवन का एक अध्याय समाप्त कर लिया है। दूसरा बहुत छोटा

अध्याय इस गढ़ में समाप्त होगा···और तीसरा अध्याय हम उदयपुर में शुरू करेंगे। वहां मेरे शक्तावत दीनानाथ धर्मभाई हैं। हम उन्हींके ठिकाणे में जाकर बस जाएंगे। हम अपना नाम-जाति सब बदल डालेंगे।"

लूणी ने उसकी गोद में सिर रखते हुए कहा, "नहीं सीतारामजी, नहीं, यहां ही रहेंगे।···यहां कितनी शांति है!"

"पर हम कैदी हैं। दीवान सीताराम ऐसी ज़िन्दगी नहीं जी सकता।"

वे दोनों बहुत बड़े कक्ष में बन्द थे। उस कक्ष की एक-एक खिड़की पर मजबूत लोहे की सलाखें जड़ी हुई थीं। एक दिन लूणी की निगाह कक्ष के फर्श से बिलकुल चिपके हुए एक दरवाज़े पर गई। यह कोई तहखाना था। उन्होंने उसे खोला। उसमें घुप अंधेरा था। माचिस जलाई। उस तहखाने में कितनी खोपड़ियां पड़ी थीं।

सीताराम ने दरवाजा बंद कर दिया। वह भयभीत होकर बोला, "लगता है कि इस तहखाने में ही हत्याएं की जाती थीं।"

लूणी ने एकबार फिर दरवाज़ा खुलवाया। उसने थोड़ी देर टकटकी लगाकर तहखाने में देखा। आहिस्ता-आहिस्ता उन्हें दिखाई पड़ने लगा। बडारन ने सीताराम को बताया, "ये खोपड़ियां मर्दों की नहीं, लुगाइयों की हैं। देखो, उनके गले हुए कपड़े···कांचलियां···ओढ़ने···और चांदी के ज़ेवर···शायद इन हड्डियों के नीचे सोने के जेवर भी हों! इन सामन्तों ने अपनी ऐय्याशी के लिए कितनी नारियों का सतीत्व लूटा और उनकी हत्याएं की हैं? राजपूत जाति ज़रूर वीर थी पर जो राजपूत सामन्त बनता गया, वह वीरता, धर्म और त्याग छोड़कर ऐय्याश प्रेत बनता चला गया।"

सीताराम ने लम्बा सांस लेकर कहा, "यदि मैं कुछ दिन और दीवान रहता तो इन ऐय्याश प्रेतों को अच्छा सबक सिखा देता पर

मेरा समय गया।"

वे वहां शांति से रहने लगे।

दस दिन बीत गए।

नये जीवन की ओर

ग्यारहवें दिन दोपहर को केसरीचंद अपने विश्वासी बन्दूक धारियों के साथ आया। उन्होंने आते ही पांचों पहरेदारों के आगे बन्दूक तानकर कहा, "यदि आप अपनी जान की खैर चाहते हैं तो हथियार डाल दें।"

चार पहरेदारों ने हथियार डाल दिए। पांचवे ने भाले से उन पर वार करना चाहा कि धांय की आवाज़ हुई और वह वहीं पर ढेर हो गया।

केसरीचंद ने उनसे चाबी ली। सीताराम व बडारन को मुक्त कराया। सीताराम ने कहा, "केसरीचंद! हमारी दौलत कहां है।"

"दौलत को ऊंटों पर लदवाकर सीमा के पास खड़ा कर दिया है। आप चलिए।" वह एक पल रुककर बोला, "और हां, किसनी ने कहलाया है कि जहाँ आप बसें, वहां उसे भी बसा लीजिए।"

"उसे जरूर बसाऊंगा।" सीताराम ने कहा, "मेरे पास अपार धन है, इतना धन कि मैं एक पूरा नगर बसा सकता हूं। मैं अपने धर्मभाई के पास जाऊंगा।...राणाजी की सेवा में रहकर चमत्कार दिखाऊंगा, फिर एक नया जीवन शुरू करूंगा। एक नया गांव बसा-ऊंगा—'सीतारामगढ़' और उसके पास छोटी सी ढांणी होगी—लूणी।...चलो लूणी! ऊंट पर बैठो।"

सब ऊंट पर सवार हो गए।

रेत के बड़े-बड़े टीबों में ऊंट कतारबद्ध चलते रहे जो सीमा

पर दौलत लादे ऊंदों से मिल गए। फिर चल पड़े।

धर कूंचा···धूर मंझला···

एक पड़ाव के बाद दूसरा पड़ाव। एक मंज़िल के बाद दूसरी मंज़िल···।

चलना···ही चलना!

चरैवति···चरैवति

राजमहलों की तीन और कहानियां

१. बादशाह

२. न खत्म होने वाली गज़ल

३. नशा और नारी

बादशाह

"आपको यह हिस्सा पसंद है।"

"हुं।" मैंने स्वीकृति-सूचक सिर हिलाया।

"फिर ले लीजिए, अच्छा हिस्सा है!" बूढ़े जमादार ने अपनी सफेद दाढ़ी पर हाथ फेरकर कहा।

मैं थोड़ा विस्मित होकर बोला, "पर आपके कहने के ढंग से ऐसा लगता है कि यह हिस्सा कुछ ठीक नहीं है।"

वह गंभीर होकर बोला, "वैसे कोई खास बात नहीं है, पर हमारे ठाकुर सा कुछ सनकी हैं।"

"सनकी?" मैं जरा चौंका।

"जी, और आप जो ऊपर का हिस्सा किराये पर ले रहे हैं, वहां कभी-कभी पानी नहीं चढ़ता।"

"इससे तो बड़ी असुविधा होगी।"

बूढ़े जमादार की धंसी हुई आंखें फट गईं। बड़ी-बड़ी डरावनी आंखें। अपने स्वभाव के अनुसार यह निचले होंठ को चूसता हुआ बोला, "फिर बन्दरों के बादशाह के सदा के हमले!...बाबू सा। वह जब अपनी सेना के साथ हमला करता है, तब सबके छक्के छूट जाते हैं। उससे तंग होकर आखिर में किरायेदार इस हिस्से से भाग जाते हैं।"

मैं असमंजस में पड़ गया। हिस्सा वैसे बहुत ही बढ़िया था। ठाकुर कुन्दनसिह के डेरे का एक हिस्सा। जगह-जगह पत्थरों की नक्काशी के खंभे। कलात्मक गवाक्ष। भीतर के कमरों में भित्ति-चित्र। एक कमरे में तो पूरा महाभारत चित्रित था। शयनकक्ष में नग्न और अर्द्ध-नग्न औरतों के चित्र। असुविधा थी तो पानी और पाखाने के लिए नीचे जाने की। किन्तु ठाकुर सा के सनकी स्वभाव और बन्दरों के बादशाह के हमलों ने मुझे आशंकित कर दिया और जमादारजी को 'जय माताजी की' करके वापस होटल लौट आया क्योंकि मैं बहुत ही कायर प्रकृति का व्यक्ति हूं।

कमरा नम्बर ११ में पड़ा-पड़ा सोच रहा था कि किसी भी प्रान्त की राजधानी में नहीं रहना चाहिए। कम से कम वहां तो मकानों की बड़ी असुविधा रहती ही है। पूरे दस दिन से मकान ढूंढ़ रहा हूं।

खाना खाकर फिर मैं गुलाबी नगरी—जयपुर की चौड़ी-चौड़ी सड़कों पर रिक्शा लेकर निकला। पहले चांद पोल के दोनों ओर तवायफें रहती थीं, सामन्ती शासन के बुझते दीय के साथ इनके बाज़ार भी उठते गए। उधर एक मकान खाली था, पर पास ही एक बूढ़ी तवायफ भी रहती थी, अतः वहां रहना मेरा संभव नहीं हुआ। दिन-भर घूमते-घूमते थक गया। रात को बिस्तरे पर पड़ते ही नींद आ गई।

सुबह जब ताज़ी हवा और किरणों ने मेरे कमरे के दरवाज़ों को खटखटाया तब मेरी नींद खुली। मैंने दरवाज़ा खोला। धूप का टुकड़ा बदहवास-सा कमरे के फर्श पर कूदा। मैंने क्षण-भर उसे देखा और बाहर आकर अंगड़ाई लेने लगा। खुले आकाश को देखने लगा। कपोत-पंख-सा आकाश। राख-सा आकाश। कुछ दिनों निरन्तर मकान के लिए तलाश जारी रही। और अंत में मुझे उसी हिस्से को लेने के लिए विवश होना पड़ा। सनकी ठाकुर और बंदरों के बादशाह! धीरे-धीरे उन दोनों के प्रति मुझमें एक विचित्र

आकर्षण उत्पन्न हो गया। शंकाओं से लिपटा एक विचित्र आकर्षण। मानो भीतर से कोई वह हिस्सा लेने की एक अज़ानी प्रेरणा देता रहा, उकसाता रहा।

मैं स्नानादि से निवृत्त होकर उस विशाल डेरे की ओर चल पड़ा। डेरे के आगे बहुत बड़ी 'प्रोल' थी। प्रोल के विशाल फाटकों पर पीतल की छड़े चमक रही थीं। किवाड़ों के चारों ओर छोटे-छोटे फूलों की नक्काशी की पट्टियां थीं। ऊपर बड़े-बड़े मेहराब थे। पत्थर के गुलाबी मेहराब।

मैं रिक्शे से उतरा। दरवाज़े पर ही जमादार मिल गया। मैंने उसे जैमाताजी की। उसने एटेन्शन की मुद्रा में खड़े होकर मुझे उतावली से कहा, "एक किनारे हो जाइए, ठाकुर सा आने वाले हैं···जल्दी करिए।"

मैं शीघ्रता से एक किनारे हो गया। दरवाज़े की ओर देखने लगा। थोड़ी देर में एक लम्बा, थका-थका व्यक्ति निकला। बड़ी- बड़ी बलदार मूंछे, सिर पर टोप। ब्रिजिस और कोट। गले में रिवॉल्वर। चरमर करने वाले शू। गेहुंआ रंग। चल रहे थे ऐसे जैसे संसार के बादशाह हों। एक-एक कदम गिन-गिनकर उठा रहे थे।

जमादार ने सिर नवाकर कहा, "खम्भा माई-बाप!" वह यंत्रवत सिर झुकाता-उठाता रहा।

ठाकुर सा ने एक पल गर्वभरी दृष्टि उस बूढ़े जमादार पर डाली। फिर मूंछों पर ताव देकर पूछा, "ठाकरां म्हांरो टोप कठै?"

उसने फिर सिर झुकाकर कहा, "अन्नदाता! आप रे माथे ऊपर।"

"पूछियोड़ो चोखो।" और वे खोखली हंसी हंसकर चल पड़े। बाहर आदम ज़माने की एक छकड़ा-सी कार खड़ी थी। उसमें बैठकर वे रवाना हो गए। कार भयानक रूप से आवाज़ कर रही

थी। उनके जाने के बाद जमादार निश्चित हुआ। अपनी मूंछों व दाढ़ी पर हाथ फेरकर वह प्रोल के दरवाज़े के बाहर बनी चौकी पर बैठ गया। बोला, "देख लिया ठाकूर सा के लटके और खटके? सिर पर टोप था पर···।"

"और यदि वे तुमसे पूछते कि मैं कहां हूं तो तुम क्या उत्तर देते?' मैंने प्रश्न किया।

जमादार ने कोई उत्तर नहीं दिया, बल्कि वह मुझे जलती दृष्टि से देखने लगा।

"तुमने मेरी बात का जवाब नहीं दिया?''

जमादार ने कांपते हुए कहा, "आपको बोलने का ज़रा भी तमीज़ नहीं है। मैं आपको 'आप-आप' कह रहा हूं और आप मुझसे 'तुकारे' से बात कर रहे हैं। बाबू सा, मैं भी राजपूत हूं। राजा नहीं तो क्या हुआ, हूं तो असल राजपूत ही!'

"ओह!", मैंने पश्चात्ताप करते हुए कहा, "मुझे आप क्षमा करें। गलती हो गई।"

जमादार जैसे नाराज़ हुआ था वैसे खुश भी हो गया। अपनी मूंछों पर ताव देकर वह फिर बोला, "श्रीमानजी! तब मैं ठाकुर सा को उत्तर देता, 'आप अपनी पृथ्वी पर हैं। आप किस बादशाह से कम हैं। आप तो मुझे बादशाहों के बादशाह लगते हैं।'

···बहुत खुशामद पसंद हैं। झूठी तारीफ करके लोग इन्हें उल्लू बना देते हैं। पर मेरा क्या?···बाबू सा। जिसकी खायें बाबरी उसकी भरे हाजरी।'' वह एक पल रुककर फिर बोला, "मेरी तो सारी ज़िदगी ऐसे ही गुजर गई।···अरे हां, आपको मकान मिल कि नहीं?''

मैंने सम्पूर्ण डेरे पर दृष्टिपात करके कहा, "नहीं···कोई भी ढंग का मकान नहीं मिला। आप तो ठाकरां मुझे यही हिस्सा दिला दीजिए। आपकी बड़ी मेहरबानी होगी। अब जो भाग्य में होगा, वही भोगना पड़ेगा।"

"सांझ को तीन महीनों के डेढ़ सौ रुपये लेकर आ जाइएगा। सब ठीक कर दूंगा।"

मैंने अपनी जेब से पांच का नोट निकालकर जमादार को देना चाहा। उसने प्रश्न-भरी नज़र से देखा और पूछा, "यह किस बात के?"

"ऐसे ही।"

"मैं ऐसे ही नहीं लेता।" उसने दृढ़ता से जवाब दिया, "बख्शीश लेता हूं, पर होली-दिवाली पर!"

"तो फिर में शाम को आ जाऊ!"

"बिल्कुल।"

'अच्छा, जै माताजी की ठाकरां!"

'जै माताजी।"

मैं प्रसन्न भी हुआ और शंकित भी। हिस्सा मिल गया, पर ठाकुर ठहरा सनकी। मैंने राजपूतों के बारे में अजीब-अजीब बातें सुन रखी थीं इसलिए घबराहट होना स्वभाविक ही था। खैर, मैं अपने निश्चय के अनुसार दूसरे दिन इस मकाने में आ गया। खूब सावधानीपूर्वक रहने लगा।

विशाल डेरा। उसके कई हिस्से अब बन गए थे और उनमें कई किरायेदार आ गए थे। उन किरायेदारों की अपेक्षा मेरे वाले हिस्से में सुविधाएं सबसे कम थीं। सुविधाएं कम थीं सो थीं, साथ में वह सबसे ज़्यादा असुरक्षित भी था।

मैंने जमादार से एक दिन अत्यन्त पिघले हुए शब्दों में कहा, "ठाकरां! मेहरबानी करके जो बरामदा है, उसमें लोहे की सलाखें लगवा दीजिए। पता नहीं, कब बन्दरों का बादशाह अचानक आक्रमण करके मुझे नुकसान पहुंचा दे!" इसके लिए जमादार ने मेरी भेंट ठाकुर सा से करानी निश्चित की। हालांकि अभी तक मैंने उस बन्दिरों के बादशाह को भी नहीं देखा था। सिर्फ आतंक

ही आतंक सुन रखा था।

दोपहर को भेंट का समय तय हुआ।

मैं ठीक समय पहुंचा। एक आलीशान बैठक। दीवरों पर शेर, चीते और भालू की छाले लटक रही थीं। बीच-बीच में तरह-तरह की मुंठों की तलवारें भी टंगी हुई थीं। शानदार पुराना कालीन, जिसके बीच में एक लड़ाई का दृश्य था। किनारों पर बेल बनी थी। कालीन वहां-वहां से घिस गया था, जहां-जहां सोफा सैट रखा हुआ था। चूंकि ठाकर मेरे साथ था इसलिए मैं अदब और कायदे के मामले में उसका ही अनुकरण कर रहा था। वह सिर झुकाकर भीतर गया। गर्दन झुकाकर उसने कहा, "खम्भा··· खम्भा, अर्ज़ यह है सरकार कि आप बरामदे में लोहे की छड़े लगवाना चाहते हैं···।" तब तक मैंने भी सलाम कर लिया था। ···ठाकुर सा ने मुझे बैठने के लिए नहीं कहा। उन्होंने अपनी मूंछों पर ताव दिया। मैंने गौर से उन्हें देखा। उनकी मूंछें सफेद थीं, जिन्हें खिज़ाब से काला किया गया था।

उन्होंने गर्दन को अजब तरस से झटका दिया। मेरी तरफ घूरकर देखते हुए कहा, "देखो, हमने यह मकान किराये पर दिया है, मरम्मत कराने के लिए नहीं। और हम इसमें कोई भी परिवर्तन नहीं चाहेंगे। जैसा मकान है, वैसे में रहना चाहें तो ठीक, वरना अपने रुपये वापस लेकर चलते बनिए।"

"लेकिन ठाकुर सा, यह बन्दरों का बादशाह···।"

वे ज़ोर से ठहाका लगाकर हंस पड़े। दोनों हाथ मिलाकर, रगड़कर बोले, "कैसे मनुष्य पैदा हो गए हैं? क्या आप अपने को मर्द का बच्चा कहते हैं? छिः छिः, जब मैं आपकी उम्र का था तब अफीम की डली खाकर शिकार खेलने जाता था। उस वक्त यदि सामने शेर भी आ जाता तो मैं उसके दो टुकड़े कर देता था। और आज के लोग बन्दरों से डरते हैं।" और फिर वे हंसने लगे। "जाइए, बन्दरों से न डरिए। यह बूढ़ा बन्दर किसीका

कुछ नहीं बिगाड़ सकता।"

मैं लौट आया। सोचने लगा कि यह आदमी जरूर सनकी है? अपने को क्या समझता है! इतनी ही अकड़ और शान है तो मकान किराये पर ही क्यों देता है और इतनी-सी बात को कहने के लिए मुझे बुलाया ही क्यों? शायद अपनी शान दिखाने के लिए। बादशाहों की मिटती शान। खैर, कोई अच्छा मकान मिलते ही मैं यहां से विदा हो जाऊंगा। ऐसे सनकी लोगों के बीच मेरा गुज़ारा नहीं हो सकता।

उसी शाम मैंने बन्दरों के बादशाह को पहली बार देखा। बहुत ही हृष्ट-पुष्ट, खूंखार और चुस्त। आगे-आगे वह और उसके पीछे-पीछे कितने ही छोटे-बड़े बन्दर और बन्दरियां। एक और संयोग यह हुआ कि मिस्टर वर्मा की खिड़की उस दिन खुली रह गई और बादशाह ने अपनी फौज सहित उसमें प्रवेश कर लिया और थोड़ी देर में उनके फलों की टोकरी बादशाह के हाथ में थी। मिसेज़ वर्मा के चिल्लाते-चिल्लाते टोकरी की सब चीजें बंट गई और टोकरी को निर्दयतापूर्वक फेंक दिया गया। मिसेज़ वर्मा का चेहरा चिल्लाते-चिल्लाते लाल होकर करुणा से पुत गया। वह बेचारी रोनी-रोनी-सी हो गई।

बादशाह सब चीज़ों की पिकनिक करके चला गया और उसके पीछे-पीछे उसकी फौज। बस, इसी तरह का उसका सदा कार्यक्रम होता था। मकानों को फांदता हुआ वह चलता रहता था और जहां मौका मिलता, वहां हाथ साफ कर देता था। मैं तो उसके डर से तीन-चार दफे अपने दरवाज़ों को संभालता था।

एक दिन दस बजे सुबह मैं एक प्रेस में गया। दफ्तर का कोई काम था। मैं जैसे ही प्रेस के दरवाज़े के पास पहुंचा, वैसे ही विस्मय-विमूढ़ हो गया। वही खूंखार बन्दरों का बादशाह एक आदमी के पास पालतू जानवर की तरह बैठा-बैठा चने और रोटी खा रहा था। मेरे मन में भय की लहरें उठने लगीं। पांव चिपक-

से गए और लगा कि बादशाह मुझे देखते ही हमला करेगा।

मुझे इस तरह स्तब्ध खड़ा देखकर उस आदमी ने कहा, "भीतर चले जाइए, यह आपको कुछ भी नहीं कहेगा, बहुत ही सीधा जानवर है। बस, समय पर आकर थोड़े चने और एक रोटी खाकर चला जाता है। किसीको कोई नुकसान नहीं पहुंचाता।"

मैं हैरान। मन को उस शख्स के बार-बार कहने पर भी विश्वास नहीं हो रहा था। डरता-डरता में प्रेस में गया। इसके बाद मैं सदा उस समय बादशाह को देखता और एक नये रूप में। शांत और एक पालतू जानवर के रूप में। बादशाह के प्रति जो असीम भय था, वह अब जाता रहा। मैं अब डेरे में उसकी थोड़ी-थोड़ी वकालत और प्रशंसा करने लगा। लोगों ने मेरी बात का ज़रा भी समर्थन नहीं किया और एक शाम मेरी टेरेलिन की पेंट उसके हाथ में आ गई। उसने उसके इस बेदर्दी और बेकद्री से टुकड़े किए कि मुझे महसूस हुआ कि कोई कसाई मेरे दिल के टुकड़े कर रहा है। वह पेंट को फाड़कर फेंक गया और लोगों ने मुझसे कहा, "हां भाई, बादशाह एक अच्छा जानवर है!" मकान में लोगों ने मेरा काफी अच्छा मज़ाक बनाया। मिसेज वर्मा तो खूब हंसी! और मैं व्यथित होकर छत पर आ गया। डूबता हुआ सूर्य मुझे इतना ही उदास लगा जितना मैं। बुझा-बुझा। क्षितिज पर फैली लालिमा मुझे रक्त-सी लगी जैसे मेरा अंग-अंग रक्त में नहा लिया है। मैं खड़ा रहा। बादशाह चला गया था। मेरी इच्छा हुई कि मैं उसे गोली से उड़ा दूं।

खिन्न मन धीरे-धीरे टहल रहा था, इतने में मेरी निगाह ठाकुर के रावले (अन्तःपुर) की ओर गई। एक खिड़की में मैंने एक अत्यन्त रूपवती युवती को देखा। केसरिया कपड़ों में उसका केसरिया रंग-रूप एकमेक हो रहा था। मैंने उसे देखा और उसने मुझे। सिर्फ चंद पल का दृष्टि-मिलन। मैंने इतना सजीव और सम्पूर्ण रूप नहीं देखा था। देखा तो बस देखता ही रहा। वह

चली गई तो भी देखता रहा। वहां अंधेरा छा गया, फिर भी देखता रहा—उस ओर। उस युवती को लेकर मेरे मन में काफी हलचल रही। सुबह ही अपनी पेंट का गम भुलाकर मैंने जमादार से पूछा, "ठाकरां, अपने ठाकुर सा के कोई बेटी है?"

जमादार ने मुझे इस तरह देखा जैसे मैंने कोई गुस्ताखी की हो, मुझसे कोई भूल हो गई हो। वह थोड़े गुस्सीले स्वर में बोला, "आपको इस मकान के कायदे-कानून को खूब अच्छी तरह समझ लेना चाहिए, ताक-झांक यहां नहीं चल सकती।"

मेरे हलका पसीना आ गया। जमादार का चेहरा कुछ भयानक हो गया। मैंने विनीत स्वर में कहा, "नहीं ठाकरां, मैं एक भला आदमी हूं। आप मुझे गलत मत समझिए, मैं तो···!"

"वह ठाकुर सा की चौथी पत्नी है। ठाकुराणी सा।··· बाबू सा! ठाकुर सा के कान में इसकी भनक पड़ गई तो वे गोली से उड़ा देंगे। उनके नाम से यहां का पत्ता-पत्ता कांपता है।"

सनकी ठाकुर। उसपर सामन्तों की अक्खड़ता के मैं कई किस्से सुन चुका था। भय ही भय, मुझे लगा कि मैं भयों से घिर गया हूं। उस दिन की तो हत्या-सी हो गई। बार-बार यही लगता कि ठाकुर सा आज बन्दूक लेकर···।

काफी रात गए घर पहुंचा। डेरा सो गया था। सिर्फ रावले की एक खिड़की जग रही थी। रोशनी के कपड़े पहने हुए चमक रही थी। मैं इस तरह बिस्तर पर पड़ गया मानो बीमार हूं।

लेकिन अंधेरे के लबादे को ओढ़े हुए मैं एकटक उस खिड़की की ओर देख रहा था जो उजाले की वजह से अपना अस्तित्व बता रही थी।

खिड़की के छोटे-छोटे कलात्मक तिकोने सुराखों में से मैंने देखा—शराब में धुत ठाकुर सा लुढ़के हुए हैं और ठकुराणी निरपेक्ष-सी बैठी-बैठी स्वेटर बुन रही है। ठाकुर सा का सिर मेज़ पर पड़ा है और हाथ अर्द्ध-गोलाकार की स्थिति में। मैं उस

अनुपम रूपवाली ठकुराणी को देखता रहा। उसने गुलाबी रंग का घाघरा, कांचली और ओढ़ना पहन रखा था।

मुझे पसीना आ गया। एकाएक पसीना आया था। ठाकुर सा उठ गए थे। वे कांप रहे थे। ठकुराणी उसी तरह स्वेटर बुन रही थी। उसने ठाकुर सा की ओर देखा तक नहीं। ठाकुर सा ने मूंछों पर ताव दिया और उसपर लपके। ठाकुर ने अपने हाथ खाली कर लिए और बांहें फैला दीं। ठकुराणी ने उन्हें झिड़क दिया। ठाकुर जो अकड़कर चलता था, ठकुराणी के समक्ष रिरियाने लगा। ठकुराणी ने उसे पांव की ठोकर मारी। ठाकुर ने उसे हाथ जोड़ दिए और ठकुराणी कपड़े उतारने लगी। रोशनी बुझ गई।

सुबह भी मुझे भय सताता रहा। जब मैं प्रेस गया तब मुझे बादशाह मिला। उसी पालतू रूप में। मुझे लगा कि कोई क्षण ऐसा ज़रूर आता है जब आदमी और जानवर पालतू बनते ही हैं। उस आदमी ने तुरन्त बादशाह से मेरा परिचय करा दिया। मैंने उसे चने खिलाए और यही सिलसिला मैंने मकान पर चलाया। सारे मकान में मेरी धाक हो गई।...और लोगों ने जब एक दिन बादशाह को बिना फौज के देखा तो स्तब्ध। सभीकी आंखों में प्रश्न नाचे।...सबने देखा कि बादशाह ने फौज को छोड़कर एक बन्दरिया से इश्क कर लिया है।...तब मैंने भी उसकी भोजन सप्लाई दुगनी कर दी।

अब बादशाह प्रायः वहीं बैठा रहता था। दाईं मेहराब में। दिन-भर बन्दरिया से प्यार करता। चिंचाड़ता और कोई बन्दर उधर से गुज़र जाता तो बादशाह उसपर पिल जाता। कभी-कभी रात को भी उसी मेहराब में बादशाह और बन्दरिया सौ जाते। उनकी अजीब उत्तेजित चीखें सुनाई पड़तीं।

और मैं देखता—तिकोने सुराखों में से उस वहशियाना दृश्य को। ठाकुर सा पीते और ठकुराणी सा अपनी बांहें फैला देती।

उसकी बांहें इतनी विशाल हो जातीं कि ठाकुर सा बहुत छोटे हो जाते, कभी बेहद प्यार करते और उसके समक्ष रिरियाते। तो कभी वह मार खाती और मुस्कराती रहती।···और एक दिन ठाकुर सा को ठकुराणी ने पीकर कहा, "आपसे यह बादशाह अच्छा है,···यह बादशाह अच्छा है। यह अपनी बन्दरिया को बहुत प्यार करता है। रात-दिन···दिन-रात! मेरी आग···!

और मैं रात के सन्नाटे में प्रायः सुनता—"बादशाह··· बादशाह···बादशाह···।"

और ये बादशाह चमककर बन्दूक उठा लेते। ठकराणी उन्हें एक धक्का देकर गिरा देती। ठाकुर सा की दृष्टि में एक पीड़ा तैर जाती। विवशताजनितं व्यथा। ठकुराणी बिस्तर पर पड़ जाती। मैं अंधेरे को उत्तेजित होते हुए देखता। मुझे लगता कि मैं अपने बादशाह को समझाऊंगा।

और सचमुच मैंने बादशाह को चने खिलाते हुए कहा, "सुन बादशाह, गृहस्थी बनने के बाद तू काफी सुधर गया है, लेकिन खुले आम गंदी प्रेम-लीलाएं करना अच्छा नहीं। तू अपना स्थान बदल ले।"

उसने मेरी ओर देखा और फिर चने खाता रहा। और दोपहर को बादशाह और एक दूसरे बन्दर में भयानक लड़ाई हुई।

इतवार की दोपहर। सारे किरायेदार इकट्ठे होकर देखने लगे। बादशाह ने अपने प्रतिद्वन्द्वी को पराजित करके ही दम लिया। सारा डेरा उन दोनों की चीखों, कूदने-फांदने और धमाकों से भर गया। किरायेदारों की कई बार खिड़कियां खुलीं और बन्द हुईं। हारा-थका बदशाह थोड़ी देर में बन्दरिया की गोद में सोया, तब डेरे में घोर सन्नाटा छा गया। मैं भी ऊबा-ऊबा-सा बिस्तर पर लेट गया।

धूप सरक-सरककर कमरे में आ रही थी। मैं कोई उपन्यास पढ़ने लगा। मुझे लगा कि मेरे कमरे की वह दीवार धीरे-धीरे

बोल रही है जो ठाकुर सा के हिस्से से मिलती है। मैंने ध्यान-पूर्वक सुना। ठाकुर सा की आवाज़ थी, "मैं इस बादशाह के बच्चे को मार दूंगा। इसका खेल ही खत्म कर दूंगा।"

"मेरे दिल की आग को कैसे मारेंगे? ठाकुर सा, बादशाह को मारने से मैं बूढ़ी नहीं होऊंगी।...आज उसने...वह बन्दरिया को कितनी मजबूती से बांहों में भरता है।'...वह सचमुच का बादशाह है।" ठाकुर सा के भारी कदमों की आहट सुनी।

उस दिन जालीदार खिड़की में मैंने ठकुराणी को नहीं देखा। ठाकुर सा परेशानी से टहल रहे थे। फिर पीने लगे। पीते रहे।... सो गए। ठकुराणी आई। आकर उसने देखा। धीरे-धीरे उनकी मूछों को सहलाया। फिर अंधेरा हो गया। थोड़ी देर में किसीने मेरे दरवाज़े को धीरे-धीरे खटखटाया। मैं कांप गया। काटो तो खून नहीं।...कौन हो सकता है। अपनी डरपोक प्रकृति की वजह से मैं और भयभीत हो गया।...दरवाज़ा दुवारा खटखटाया गया। मैं उठा। रोशनी जलाई। धीरे से मुख्य दरवाज़े को खोला। ठकुराप्पी! वह लपककर भीतर आ गई। मुझसे तो बोला ही नहीं गया। उसने वहीं खड़े-खड़े मद्धम स्वर में कहा, "मेरा जीवन कितना कष्टों में है, यह आप हर रात देखते ही हैं। मैंने यह जानबूझकर आपको दिखाया है'...आओ, हम यहां से भाग चलें।

...मैं अब यहां नहीं रह सकती। ये यातानाएं एक औरत नहीं सह सकती, एक जीव नहीं सह सकता। एक औरत के लिए उसका बूढ़ा व कमजोर पति कितना पीड़ादायक और निर्दयी हो सकता है, ये आप जान चुके हैं।"

मेरे तो होश उड़ गए। वह निश्चल-सी खड़ी रही।...उसने फिर पूछा, "चलेंगे?"

मेरे स्वतः ही हाथ जुड़ गए। मरे हुए स्वर में मैंने कहा, "नहीं-नहीं, मैं ऐसा नहीं कर सकता। मैं एक कमज़ोर और कायर आदमी हूं। बहुत ही कमज़ोर और कायर! फिर एक सती और

खानदानी नारी को यह शोभा नहीं देता।" वह कुछ नहीं बोली। वापस चली गई। उसकी आंखों में मेरे प्रति भर्त्सना थी।

तीसरे दिन सुबह-सुबह ही डेरे में सहसा हंगामा हो गया। जब बादशाह-बन्दरिया इधर-उधर कूद-नाच रहे थे तब ठाकुर सा बन्दूक लेकर बाहर आए। वह पागल की तरह चीख रहे थे और उन्होंने बादशाह पर गोलियां दाग दीं।

डेरे में सन्नाटा छा गया। बादशाह का लहूलुहान शरीर मेहराब से नीचे आ गिरा। लोगों के चेहरे सवालों से पुत गए। ठाकुर सा ने चीखकर कहा, "इसने मेरे घर को उजाड़ दिया, इसके कारण ठकुराणी बगावत करने पर उतारू हो गई। हर घड़ी बादशाह···बादशाह···बादशाह! वह अपनी को यह करता, वह करता, ऐसे करता है, वैसे करता है।···इस बादशाह ने मेरा सुख-चैन छीन लिया।"

मैं क्रोधित हो उठा। धीरे से खिसक गया। सोचा—पुलिस में रिपोर्ट लिखाऊंगा। इस तरह कोई किसीको नहीं मार सकता।

···लेकिन मैं व्यर्थ ही घूमकर वापस आ गया तो पाया ठाकुर सा ने आत्महत्या कर ली है। लोगों ने बताया कि वे बड़ी देर तक बादशाह-बादशाह चिल्लाते रहे। उसकी लाश के चारों ओर चक्कर निकालते रहे, कभी भीतर जाते और कभी बाहर आते। विक्षिंप्त और उत्तेजित और अप्रत्याशित आत्महत्या!

मैं भयाकांत हो उठा। चुपचाप अपने कमरे में आया। मेह-राव की ओर देखा। उदास बन्दरिया बैठी थी। बादशाह की फौज बैठी थी। उदास और टूटी-टूटी।

मैंने सोचा कि इसी बंदरिया की तरह ठकुराणी उदास होगी पर काफी रात गए उसी खिड़की में उजाला भर गया। काले वस्त्रों में ठकुराणी और अनुपम लगी। उसकी आंखें सूज गई थीं। शायद लोक-दिखावे के कारण उसे जबरदस्ती रोना पड़ा हो! उसने

मेरी ओर देखा पर मैं अंधेरे में लुका-छिपा था।…वह कभी मुस-कराती और कभी गंभीर हो जाती। मेरी उपस्थिति की संभावना पर उसे विश्वास था। धीरे-धीरे शराब पीना शुरू कर देती है। वह शराब पीती-पीती लुढ़क जाती है। इस बीच वह कई बार बुदबुदाई भी थी।

और मैं उसकी अथाह पीड़ा को देखकर सोच रहा था कि मैं यहां से चला जाऊंगा। किसी और मकान में। कोई यहां और आएगा?…शायद वह मेरी तरह डरपोक न हो?…फिर दीवारों में बंद यह आत्मा मुक्त हो जाएगी। आजाद पंछी की तरह। और कुछ ही दिनों में मैं वह डेरा छोड़कर चला आया। मुझे याद है कि ठाकुर सा के हिस्से की खिड़की में ठकुराणी खड़ी थी और मेहराब में बन्दरिया। दोनों उदास थे, बहुत ही उदास।

मैंने उन दोनों को आत्मीयता से देखा और व्यथा से भर आया।

न खत्म होने वाली ग़ज़ल

थके-मांदे नवाब सिराजुद्दौला ने अपने आरामगाह में प्रवेश किया। दरवाज़े के आगे कांच की हरी-नीली-पीली झालरें लटक रही थीं। उसके पीछे हल्का-हल्का श्वेत परिधान को पारदर्शी पर्दा। पर्दे के दोनों ओर दो बांदियां।

उसने पर्दे को हटाया। झालरें संगीतमयी आवाज़ के साथ खनखना उठीं।

पूरे कक्ष में ईरानी रंग-बिरंगा कालीन बिछा हुआ था। कालीन इतना मोटा था कि पांव पड़ने पर दबता था। कालीन के आधे हिस्से पर एक बहुत ही मोटी जाजम बिछी हुई थी। उस जाजम पर सेमल रूई के अत्यन्त कोमल तकिये, गाव तकिये और पीठ तकिये लगे हुए थे।

कक्ष वैभवपूर्ण सामग्री से सुसज्जित था। उसकी दीवारों पर हाथ के बने हुए मुगलकालीन नर्तकियों के चित्र लगे हुए थे। गवाक्षों पर पर्दे लटक रहे थे।

बड़े-बड़े झाड़-फानूस झूल रहे थे, जिनमें धीमी-धीमी मोम-बत्तियां जल रही थीं।

बांदियां सिर झुकाए खड़ी थीं।

सिराजुद्दौला का यौवन भी उफनता ज्वर-सा था। उसने

जाजम पर बैठकर चुटकी बजाई।

दोनों बांदियां सचेत होकर उसके सन्निकट आई। गोरे रंग व तीखे नाक-नक्शे वाली बांदियां काफी उत्तेजक लग रही थीं।

एक ने कोर्निश करके कहा, "जी हुजूरेआला!"

"फैज़ी बेगम कहां है?"

"पता नहीं परवरदिगार, वैसे उनके आने का वक्त तो हो गया है।" बांदी रुखसाना ने अपनी मधुर व कोमल आवाज़ में कहा।

दूसरी बांदी गुलवदन ने एक कोने में चांदी के दीवट पर रखे दीये को ज़रा तेज़ कर दिया। बढ़ते उजाले में नवाब की श्रांत-क्लांत आकृति के भाव साफ-साफ पढ़े जाने लगे। लग रहा था कि नवाब वर्तमान राजनैतिक परिस्थितियों से बड़े बेचैन हैं।

वह अभी-अभी अपने मंत्रणा-कक्ष से वज़ीरआज़म (प्रधान मंत्री) मोहनलाल से बातचीत करके आया था। लम्बी गंभीर बात-चीत से उसके मस्तिष्क की नसें तन गईं थीं। उसने रुखसाना से कहा, "रुखसाना''हमें एक जाम पेश करो।"

"जी हुजूरेआला!''

रुखसाना ने अत्यन्त ही फुर्ती से शराब का एक जाम बनाया। जाम प्याले की शक्ल का था। सोने के जाम पर फूल-पत्तियों की नक्काशी की गई थी।

जाम देते समय रुखसाना की चूड़ियां खनक गईं। छब्बीस सत्ताईस साल के नवाब का ध्यान भंग हो गया। पलकें उठ गईं। निगाहें रुखसाना के गुलाबी गालों से जा चिपकीं।

रुखसाना ने शर्म से नज़रें झुका ली। वह अचल निःशब्द बुत की तरह खड़ी रही।

नवाब शराब का बड़ा घूंट लेकर बोला, "रुखसाना, आज-कल तुम्हारी जवानी भी कयामत ढा रही है। क्या खाती हो?"

"हुज़ूर, आपकी जूठन। आपका फेंका हुआ टुकड़ा।" उसने

अत्यन्त ही विनम्रता से कहा और वह ज़रा दूर हट गई।

नवाब ने सारा जाम एक सांस में खाली कर लिया। उनकी पलकें नशे से बोझिल होने लगीं। उन्होंने फिर सोचा कि रुखसाना की जवानी आबशार की तरह गुनगुनाने लगी है। तभी गुलबदन ने आकर कहा, "फैजी बेगम साहिबा आ गई हैं।"

सिराजुद्दौला की आंखों में चमक आ गई। वासना के सांप फैजी बेगम की पाजेबों की झंकार के साथ उसके चेहरे पर रेंगने लगे।

फैजी जल्दी-जल्दी आई। उसने झुककर कोर्निश की, "आदाब बजाती हूं, गरीबपरवर। देर के लिए तहेदिल से मुआफी चाहती हूं।"

फैजी ने शीघ्रता से सुराही को उठाकर सिराजुद्दौला के जाम को भरा। फूल-सी नाज़ुक और अप्रतिम रूप-यौवन की स्वामिनी फैजी का ज़रा तेज़ चलने पर दम फूल-सा गया था। उसके उन्नत उरोजों की अंगिया पर हीरे चमचमा रहे थे। वह कीमती ज़ेवरात से लदी हुई थी।

"देर कैसे कर दी जानेजां?"

"कुछ हालात ही ऐसे हो गए थे। बाहर दो फिरंगी फौजी खड़े थे।···जहांपनाह! फिरंगियों के मारे तो जीना हराम हो गया है। दिन का चैन और रात की नींद चली गई है।"

"अभी इन बातों को भूल जाओ। हम तो दिन-भर इन्हीं बातों से परेशान रहते हैं।" नवाब ने उदास स्वर में कहा, "हमारे दीवान मोहनलाल साहब इसके लिए तहेदिल से कोशिश कर रहे हैं, पर सियासत (राजनीति) की शतरंज भी बड़ी अजीब होती है। जब कोई बाज़ी हारने लगता है तब यकीनन वह प्याद-मात ही होता है।"

लेकिन इस तरह तो हम तबाही की ओर बढ़ते ही जाएंगे। हालांकि आपके वजीरआज़म हिन्दू हैं, पर उनकी वफादारी में

ज़रा भी शक नहीं किया जा सकता। लेकिन फिरंगी जिस रफ्तार से बढ़ रहे हैं, वे हम सब हिन्दोस्तां के रहने वालों के लिए खतरनाक साबित होंगे।"

"तुम सियासत की बात बहुत करती हो।"

"क्या यह बुरी बात है?"

"नहीं बेगम...यह बुरी बात नहीं है। तभी तो हमने तुम्हें एक रक्काशा (नर्तकी) से बेगम का ओहदा दिया है। अपनी दिल की रानी बनाया है।" अपनी आतंरिक अवशता से बचने के लिए नवाब ने फिर जाम खाली कर दिया। भारी स्वर में वह फैजी की रेशमी बांह पर अपनी हथेली फिसलाता हुआ बोला—"हम अपने को तुम्हारे बिना अधूरा समझते हैं। रात का एक लमहा भी नहीं बिता सकते। जब तुम नहीं होती हो तो लगता है कि इस महल के सन्नाटे हमें अजगर की तरह निगल जाएंगे। ये सियासत के कांटों की तरह चुभने वाले हालात हमारे दिल को बेचैन कर देंगे।...पर तुम्हारी मुहब्बत के दो बोल हमें तमाम रंजोगम से निजात दिला देते हैं।"

वह नवाब का पुनः जाम भरकर बोली, "यह मेरी खुशनसीबी है कि मैं नाचीज़ आपका गम मिटा देती हूं।"

नशा चढ़ता गया। नवाब को फैजी बिना साज़ के गज़ल सुनाती गई।

धीरे-धीरे नवाब की अजगरी बांहें उसे अपने में लिपटाती रहीं।

फैजी बेगम ने गाना बन्द कर दिया। उसने रुखसाना और गुलबदन से कहा, "अब रोशनी को कम कर दो और चली जाओ।"

दोनों ने अदब से सिर झुकाया और दीये की लौ को मंदा करके वे बाहर चली गई।

रात ढल रही थी।

सन् 1756!

लार्ड क्लाइव में भारत की भूमि को हड़पने की दुर्दान्त अभिलाषा मचल रही थी। वह सारे बंगाल को हड़प जाने के अपने मंसूबे मज़बूत कर रहा था। वह मुर्शिदाबाद की जमीं को छू चुका था और अंग्रेज़ी सरकार को तेज़ी से मज़बूत कर रहा था।

उसकी कुटिलता, षड्यंत्रों और आपाधापी से सिराजुद्दौला परेशान था और इससे भी अधिक वह परेशान था—महल की राजनीति से। परम्पराबद्ध चली आ रही ऐयाशी ने राजमहलों, ज़नानी डयोढ़ियों और इमारतों में षड्यंत्रों के विचित्र खेल-तमाशे पैदा कर दिए थे। चाहे नवाव हो, चाहे राजा-महाराजा, उन सबके अन्तःपुरों में भोग-विलास की निम्न नीतियां शुरू हो गई थीं। रानियों और बेगमों का चारित्रिक पतन इस हद तक होने लगा था कि वे अपनी ऐय्याश ज़िन्दगी और वासनापूर्ति के लिए पतन की चरम सीमा का स्पर्श करने लगी थीं। अपनी मान-मर्यादा, आन-बान और आबरू तक को दांव पर लगाने लगी थीं।

उसमें एक थी सिराजुद्दौला की मां अमाना बेगम। अमाना बेगम विधवा थी, पर उसका मन अब भी किशोरियों की तरह मचल रहा था और उसने अपने खानदान की इज़्ज़त की परवाह किए बिना ही एक अदने आदमी हसन कुली खां से वासनात्मक संबंध स्थापित कर लिए थे।

जब महल के विश्वसनीय खोजे अहमद ने यह सूचना सिराजुद्दौला को दी तो उसका मन घृणा से भर आया। उसकी इच्छा हुई कि वह अपनी मां का सिर उतार दे। पर बाह्य राजनीतिक परिस्थितियां ऐसी थीं कि उसे जानकर भी अनजान बनना पड़ा। जब पानी सिर से ऊपर जाने लगा, तब नवाब ने एक दिन हरम में जाकर कहा, "अम्मीजान, हर बात का एक वक्त होता है। सही वक्त के चले जाने के बाद कोई काम ठीक नहीं लगता।"

अमाना बेगम की त्यौरियां चढ़ गईं। वह बात के मर्म को समझकर भी अनजान बनती हुई बोली, "मुझे लगता है कि हमारे दुश्मन तुम्हारे कानों में मेरे खिलाफ ज़हर भर रहे हैं।"

"आप जैसी इज्ज़तदार औरत का कोई भी दुश्मन नहीं है।"

"कैसे नहीं है?' वह बिजली की तरह कड़ककर बोली, "यहां का ज़र्रा-ज़र्रा मेरे खिलाफ बगावत कर रहा है। खासतौर पर तुम्हारा वह हिन्दू दीवान। जानते हो, उसने मेरे खर्चे में कटौती कर दी है। वह खुद···"

"अम्मीजान!" सिराजुद्दौला के तेवर बदल गए। उसकी आवाज़ हुक्मराना हो गई, मैं नहीं चाहता कि आपके हुज़ूर में कोई बड़ी गुस्ताखी हो। पर आप बार-बार वज़ीरआज़म को हिन्दू कहकर उनकी तौहीन कर रही हैं। अपने इस मुल्क की यही तो बदनसीबी है कि वह जमहूरियत (राष्ट्रीयता) के बारे में न सोच-कर अपने-अपने बारे में ज़्यादा सोचता है।···सच तो यह है कि हिन्दुस्तान का आदमी इतना बेईमान नहीं है, वह अपने देश की मिट्टी पर मरना जानता है।···मेरा दीवान मोहनलाल हिन्दू ज़रूर है पर है बिल्कुल इन्साफपसंद आदमी।···वह तो खुद भी आपकी हरकतों से शर्मिंदा है। कुछ तो आप अपने ज़मीर के बारे में सोचिए,···सो···चि···ए···आप हमारी अम्मा हैं।"

"ऐसा मैंने क्या किया?" वह झल्ला पड़ी।

"मैं नहीं चाहता कि मुझे हसन कुली खां की गर्दन धड़ से अलग करके आपके सामने पेश करनी पड़े। आप मेरा इशारा समझ गई होंगी?"

और सिराजुद्दौला धुआं-फुआं होकर अपने महल में आ गया। वह बहुत बेचैन और अवश था।

और उसकी अम्मा अमाना बेगम आहत सांपिन की तरह फुफकार उठी। घृणा से थूककर बोली, "यह सब उस बाज़ारू औरत फैजी बेगम की कारस्तानी है।"

उसके वाक्य को उसकी खास बांदी कुदसिया ने सुन लिया था। कुदसिया तो नाम की कुदसिया (पवित्र) थी। वैसे वह बहुत ही अपवित्र हृदय और कुटिल मन वाली थी। खासकर वह मोहनलाल से बहुत ही जलती थी। वह राजमहलों के षड्यंत्रों की सबसे शक्तिशाली औरत थी। वह लालची थी। उसका लालच इस कद्र बढ़ा हुआ था कि वह अंग्रेज़ों के लिए भी गुप्तचरी करती थी। वह यह भी बखूबी जानती थी कि यदि मां-बेटे के बीच अनबन बनी रही, तनाव बढ़ता रहा तो अंग्रेज़ों को लाभ ही होगा। फिर वह फैजी बेगम से बहुत ही चिढ़ती थी। वह उसे एक बाज़ारू औरत और छिनाल कहती थी। वह फैजी पर यह भी आरोप लगाती थी कि वह एक ऐय्याश औरत है और अंग्रेज़ों की खुफियागिरी करती है।

उसने बड़े ही ढंग से अमाना बेगम को समझा रखा था कि फैजी बेगम ही आपके और हसनकुली खां के गंदे-गंदे किस्से फैलाती है।

और आज भी कुदसिया ने सिर झुकाकर बड़ी विनम्रता से कहा, "यह सब उस चुड़ैल की ही कारस्तानी है। आप नहीं जानती यह फैजी रक्काशा कितनी घटिया है! मुझे चांटे नहीं मारे थे? ...और जब मैंने आपका रुआब बताया तो उसने कितना हल्का इशारा किया था। ...गरीबपरवर, अब इस नटनी का इलाज होना ही चाहिए। वह दिन-ब-दिन नवाब साहब को अपनी जादूभरी निगाहों से वश में कर रही है। एक ऐसा भी वक्त आ सकता है, जब वह आपको कैद कराले।"

अमाना बेगम विचारती रही। वह झल्लाकर बोली, "मगर मैं करूं क्या?"

कुदसिया ने अपनी कांइयां आंखों को नचाया। अपने आपको गम्भीर बनाकर कहा, "यदि हुक्म दें तो मैं कुछ करूं?"

"तुम कुछ भी करो, पर उसे जल्द से जल्द हमारे बीच से

हटा दो।"

"मगर···" वह बोलती-बोलती बन्द हो गई। उसकी आंखें दहक उठीं। उसकी मुद्रा याचना-भरी हो गई।

अमाना बेगम इन मुद्राओं का अर्थ समझती थी। उसने अपने गले का हार उतारकर कुदसिया को दे दिया। कुदसिया ने बिल्ली की तरह झपटकर उस हार को ले लिया। बोली, "खुदा ने चाहा तो उस ज़लील औरत को अपने रास्ते से जल्दी ही हटा दूंगी।"

कुदसिया के होठों पर कुटिलता-भरी मुसकान फैल गई।

वह अवसर जल्दी ही आ गया।

उस दिन नवाब सिराजुद्दौला के यहां जश्न था। महान उत्सव। जन्मदिन का उत्सव।

सारा महल दुल्हन की तरह सजाया गया था। चारों ओर तारों की तरह दीए जल रहे थे। उस अवसर पर फैजी बेगम नहीं आ सकी। वह फैजी बेगम, जो उसपर अपनी जान छिटकती थी।

उसने तुरन्त ही जश्न के बीच दीवान मोहनलाल से व्यग्रता से पूछा, "फैजी क्यों नहीं आई? इस मौके पर तो उसे हाज़िर होना ही चाहिए। उसे जाकर कहो कि इसी वक्त हाज़िर हो।··· आप जाइए।"

मोहनलाल ने बार-बार फैजी के यहां आदमी भेजा, पर उत्सव पर फैजी बेगम हाज़िर नहीं हो सकी। उसने अंत में स्पष्ट रूप से कहला दिया कि वह आज रात नहीं आ सकती।

नवाब की मनःस्थिति का अमाना बेगम अध्ययन कर रही थी। उसने नवाब को पास बुलाकर कहा, "जो औरत अपनी इज़्ज़त बेचती है, उसके लिए इतना परेशान न होओ। आखिर वह एक रक्काशा है। पैसों की ठनकार पर नाचनेवाली एक तवायफ··· जाओ···और सो जाओ। रात बहुत हो चुकी है।"

वह व्यंग्य से मुसकराकर चल पड़ी।

सिराजुद्दौला को प्रतीत हुआ कि किसीने बड़ी निर्ममता से उसकी पीठ पर कोड़े मार दिए हैं। वह सोच भी नहीं सकता था कि उसके जन्म-दिवस पर फैजी नहीं आएगी?

वह गुस्से की प्रतिमूर्ति बन गया। उसका नवाबीपन उग्र हो गया। उसके सामंती संस्कार जाग गए। उसने सोचा कि उसके पांवों की जूती की बराबरी करने वाली एक वेश्या की यह हिमाकत?

वह अपने सदा वाले आरामगाह में आकर शराब के जाम पर जाम पीने लगा। वह पागल-सा हो रहा था। उसका इतना अपमान इस जीवन में कभी नहीं हुआ था।

उसकी इच्छा हुई कि वह अभी स्वयं जाकर उस छिनाल का सिर कलम कर दे। नवाबीपन के सारे अवगुण उसमें जागते गए। बड़ी कठिनता से शराब पीते-पीते वह कुछ सामान्य-सा हुआ। गुलबदन और रुखसाना हर पल अज्ञात आशंका से भयभीत थीं। उन्हें लग रहा था कि कब नवाब साहब किसी और का गुस्सा उन गरीबों पर निकालना शुरू कर दे। पर जब सिराजुद्दौला ने रुखसाना को अपने पास बुलाकर कहा, "दीया बुझा दो, रुखसाना। आज से हम उस बेहया पर थूकेंगे भी नहीं।" तब रुखसाना की जान में जान आई। वह दीया बुझाकर नवाब के पास आ गई।

सुबह को ताजा सूर्य के उगते-उगते सिराजुद्दौला के आरामगाह में फैजी पहुंची। उसने झिझोंड़कर सिराजुद्दौला को उठाया। नवाब अब भी नशे में था। वह अस्फुट स्वर में बुदबुदाया, "रुखसाना, तुम उस रंडी से अच्छी हो···अच्छी हो!"

जैसे फैजी के जिस्म से अंगारा चिपक गया हो; वह ऐसे चिहुंक पड़ी, "तो तुम उस लौंडिया के साथ सोए थे। मेरी मुहब्बत की यह तौहीन?"

सिराजुद्दौला तमककर उठा, जैसे किसी अज्ञात दैवी शक्ति ने उसके सारे शरीर से नशा खीच लिया हो। वह कड़ककर बोला, "तेरी मुहब्बत पर मैं थूकता हूं। कहां थी रात-भर?"

"मुझे फिरंगियों ने···।"

नवाब बीच में ही घृणा से बोला, "फिरंगी···फिरंगी··· फिरंगी···! क्यों उनका शोर मचाकर अपना कमीनापन छुपा रही हो? अम्मीजान ठीक ही कहती थीं, 'बाजार की रौनक महलों की शान नहीं बन सकती।' एक रक्काशा बेगम नहीं बन सकती।"

फैजी भी अपना धैर्य खो बैठी। पता नहीं उसमें कौन शैतान घुस गया था कि वह बोल पड़ी, "आपकी अम्मीजान को सारा मुर्शीदाबाद जानता है कि वह एक बेहया औरत है और अपनी हवस खुल्लखुल्ला हसनकुली खां के साथ···।"

"कमीनी···बदज़ुबान···!" नवाब ने दो-चार चांटे उसके गुलाबी कपोलों पर जड़ दिए। फैजी सुन्न हो गई। उसकी आंखें भर आईं। वह सिराजुद्दौला के पांव पकड़कर बोली, मुझे मुआफ कर दीजिए, मेरे आलीजहां···मेरे सरताज···मैं अब गुस्ताखी कभी नहीं करूंगी। मैं गुस्से में पागल हो गई थी।"

सिराजुद्दौला ने कुटिलता से उसे देखा। उसके मस्तिष्क ने तुरन्त एक षड्यंत्र रच डाला। उसने कृत्रिमता से हंसते हुए कहा, "आओ बेगम···हमारे साथ आओ।"

अपना सारा आन्तरिक वैमनस्य भूलकर फैजी उसके साथ चल पड़ी। नवाब ने कहा, "रुखसाना, तानपुरा ले आओ।··· आज फैजी न खत्म होनेवाली गज़ल गाएगी।"

वह उसे एक अलग कमरे में ले आया। उसे वहां बैठाकर कहा, "आज एक ऐसी गज़ल गाओ जो खत्म ही न हो।"

फैजी ने तानपुरा लेकर गाना प्रारम्भ किया—

मुद्दतें बीत गई अब तो मान जाओ सनम
गर हो ऐसी गुस्ताखी तो करो सर को कलम

फैजी संगीत की आत्मा थी। धीरे-धीरे वह संगीतमय होती गई। कब नवाब उठा, कब दरवाजा बन्द करके चला, वह नहीं जान पाई। वह तो आज न खत्म होने वाली गज़ल गा रही थी। वह गाती रही, गाती रही और नारी को भोग की वस्तु समझने वाला निर्मम नवाब सिराजुद्दौला उस कमरे के दरवाज़ों को बंद करता गया—ईंटों की दीवारों से, पत्थरों से।

जब फैजी ज़िंदा दफन हो गई, तब नवाब चला गया—"तुझ धोखेबाज़ की यही सज़ा है।"

और निर्दोष फैजी की गज़ल बन्द नहीं हुई। आज भी उस मकबरे के आसपास उसके गाने का भ्रम होता है।...हवाएं आज भी उसकी न खत्म होने वाली गज़ल गाती हैं। शायद आगे भी गाती रहेंगी।

नशा और नारी

सिरेकुंवर ने दर्पण में अपने मुख को देखा और बह मौन कन्दन कर उठी। उसकी अनुपम आकृति को महाराव ने विकृत कर दिया था। समय बीत गया पर न जाने क्यों; वह सदा अपनी कुरूप आकृति को देखती और मुसकरा पड़ती, फिर मन ही मन रो पड़ती।

उसकी प्रखर बुद्धि महाराव नारायणदास के अन्तस में छुपे उस सत्य से परिचित थी, जिसने महाराव को उसका सौंदर्य नष्ट करने को बाध्य किया। पुरुष का एकाधिकार और नारी के प्रति संदेह की चिर-भावना!

इस संदेह की काली छाया ने एक रात उसे दुर्दान्त अंत से टकरा दिया।

लेकिन महाराव की पत्नी अपना रूप अरूप कराकर भी सन्तुष्ट नहीं थी। महाराव ने अफीम के नशे को छोड़ दिया था। वर्षों से अफीम की पिनक में डूबा रहने वाला महाराव अफीम के बिना उन्मत्त-सा रहता था, एक अज्ञात पीड़ा से कराहता रहता था, बेचैन और अधीर रहता था।

उसकी दयनीय दशा सिरेकुंवर से नहीं देखी जाती तो वह स्वयं अफीम को घोलकर उसका कसूम्बा बनाकर महाराव के

सम्मुख ले जाती। कहती—"राव सा आप कसुम्बा पीजिए। मुझसे आपकी बेचैनी नहीं देखी जाती। मुझसे आपकी व्याकुलता नहीं सही जाती।"

महाराव अपराधी की तरह आहिस्ता-आहिस्ता अपना मुख उठाता, फिर राणी के विकृत चेहरे की ओर देखकर उन्मादित-सा चिल्लाता–"नहीं, नहीं, मैं कोई नशा नहीं करूंगा। मुझे मरना मंजूर है, पर नशा करना नहीं। इस नशे के कारण मैंने आपको कुरूप बना दिया। यह हत्यारा नशा···!" और वह तड़प उठता था।

पर रानी जानती थी कि नशे ने नहीं, उनके संदेह ने ऐसा किया।···नशा तो बहाना है! सब कुछ बीता जा रहा है। अतीत ···अतीत···अतीत···

चारों ओर शांति। नीरव वातावरण। बूंदी के जंगल के एक सघन वृक्ष के नीचे बूंदी नरेश नारायणदास अफीम के नशे में था। शय्या पर जाजम बिछी थी। गाव-तकिये के सहारे वह ऊंघ रहा था। यदाकदा उस प्रशांत मौन को भंग कर देती थी—अश्वों की हिनहिनाहट।

उस नीरव वातावरण में कभी-कभी पायल की झंकार गुंजित हो जाती थी। राव का अंगरक्षक सजग हुआ खड़ा था। समीप आती हुई पायल की झंकार ने उसका ध्यान भंग किया। देखा—एक गेहूंए रंग की सुन्दरी सिर पर कलश लिए हुए पानी भरने जा रही है। उसने चांदी के गहने पहन रखे हैं और उसका घाघरा, ओढ़ना और कांचली लाल-काली छींट के हैं। उसकी आंखें बड़ी-बड़ी हैं। वह तेलण (तेली की स्त्री) थी।

युवती की दृष्टि महाराव पर पड़ी। पड़ी क्या चिपक गई। उसने देखा कि एक अत्यन्त ही बलिष्ट एवं तेजस्वी पुरुष अफीम की पिनक में ऊंघ रहा है और मक्खियां उसके खुले मुख में से आ-

जा रही हैं।

युवती की उत्सुकता बढ़ गई। उसने सहमते-सकुचाते पूछा—"पहरेदारजी! आप कुण (कौन) सरदार हैं?"

अंगरक्षक ने आश्चर्य से उस युवती की ओर देखा, फिर अत्यन्त आदर भाव से पूछा—"तुम कौन हो?"

"मैं तेली की स्त्री हूं।"

"ये हमारे महाराव हैं। बूंदी के स्वामी श्री नारायणदासजी।"

युवती कांप गई। झट से उसने महाराव को प्रणाम किया। उसके कलश इस प्रक्रिया में ज़रा हिले-डुले, पर युवती ने उन्हें खट से संतुलिन कर लिया।

अंगरक्षक ने पुनः कहा, "महाराव चित्तौड़पति राणा रायमल की सहायता करने जा रहे हैं।"

युवती कुछ अधिक ही चंचल और उन्मुक्त थी। वस्तुतः उसमें अबोधपन था। उम्र का प्रभाव था। वह व्यंग्य-भरे स्वर में बोली,—"समय की बात है कि राणाजी को किसीसे सहायता नहीं मिली तो एक अफीमची से···।" फिर सहसा वह सचेत हो गई। उसने अपनी जीभ बाहर निकालकर अपनी अशिष्टता की मानो क्षमायाचना की। लेकिन ऊंघ में डूबे महाराव ने उस युवती की बात सुन ली। यह कथन प्रचलित है कि अफीम खाने वाला आंखें मींचे तो पड़ा रहता है पर उसकी श्रवणेन्द्रियां काफी तीव्र होती है।

महाराव तुरन्त उठा, जैसे कोई सोया सिंह जागा हो। लपककर युवती के पास गया। युवती के तो प्राण ही सूख गए। वह थर-थर कांपने लगी, मानो हवा के वेग में सूखे पत्ते कांपते हों।

महाराव ने गर्जकर कहा—"क्या कहा तूने?" युवती का सारा शरीर पसीने से लथपथ हो गया। हाथ जोड़कर महाराव के चरणों में गिर गई। "प्रभु! मेरी इस कमीनी जीभ को जला दे।"...

महाराव ने उसे उठाकर कहा—"हमसे डरने की ज़रूरत नहीं। हम तुम्हें कुछ नहीं कहेंगे। तुमने जो कहा, वह हमने सुन लिया।" फिर उसने अपने अंगरक्षक की ओर उन्मुख होकर कहा, —"सूरतसिंह! ज़रा एक लोहे की सलाखा तो लाओ, बहुत मज़बूत सलाखा···काफी मोटी··· !"

सूरतसिंह लपककर एक मोटी-मज़बूत सलाखा ले आया। युवती को लगा कि पल-भर में वह मृत्यु की गोद में सोने वाली है। मृत्यु की भयावह दुष्कल्पना से उसकी सांस तेज़ हो गई। वह एक बार फिर अस्पष्ट स्वर में बुदबुदायी, "खम्भा, माई-बाप खम्भा ··· !"

महाराव ने उसकी बात को नहीं सुना। उसने इस सलाखा को लेकर उस युवती के गले में कंठहार की तरह पहना दिया और कहा—"हम जब तक राणा को विजयी कराकर न लौटें; तब तक तू इसे पहने रखना और तेरी यवन जाति में कोई भी वीर हो तो इसे अपने गले से निकलवा लेना।"

युवती हाथ जोड़े खड़ी रही। उसे इस बात से बड़ा संतोष हुआ कि चलो जान तो बची। वह तो मुक्त होते ही छाई-माई हो गई।

महाराव को युवती की बात ने झकझोर दिया। वह अपने पांच सौ योद्धाओं के साथ चित्तौड़ की ओर तुरन्त रवाना हो गया। उसने दृढ़ निश्चय कर लिया कि वह राणा को विजय दिलाकर ही लौटेगा।

महाराव अत्यन्त ही गुप्त पथ से चित्तौड़ की ओर बढ़ रहा था। उसने अपने प्रमुख सैनिकों को हिदायत दे दी—"हमें युद्ध में विजयी होने के लिए रण-कौशल की आवश्यकता है। सीधे आक्रमण से हमें पराजय का सामना करना पड़ेगा।"

"फिर महाराव सा?" एक हाड़ा वीर ने पूछा।

"हम अचानक आक्रमण करेंगे। वह भी रात के अंधेरे में।"

"जो हुक्म !"

"और हां, आक्रमण चारों ओर से करेंगे, ताकि पठान सेना समझे कि हमपर सभी ओर से भीषण आक्रमण हुआ है।"

सारी युद्ध नीतियां निश्चित कर ली गईं। हाड़ावीर चित्तौड़ की ओर बढ़ रहे थे। अत्यन्त ही निःशब्द पांव बढ़ाते हुए वे विभिन्न घाटियों से बढ़ रहे थे।

दिन अस्त हो गया था। अरावली श्रृंग-श्रेणियों पर भीना-भीना तिमिर आंचल फैलने लगा था। एक घाटी के चकोर आंगन में, सेना ने पड़ाव डाला। अम्बल-पानी किया। भोजन किया। तब तक एक गुप्तचर पठानों की स्थिति का निरीक्षण करके लौट आया। उसने पठानों की मोर्चाबन्दी, उनकी सेना के पड़ाव और अन्य युद्ध-स्थितियों का परिचय दिया।

तब तक सारी सेना पुनः अस्त्र-शस्त्र सज्जित हो गई। महाराव ने अपनी सेना के चार भाग बनाए। फिर आदेश दिया—"चारों टुकड़ियां एक साथ आक्रमण करेंगी। शिविरों को जलायेगी। किसी पर दया नहीं करेगी।"

सहसा महाराव को उस युवती की बात याद आ गई, 'राणाजी को किसी की सहायता नहीं मिली तो एक अफीमची···"

महाराव का पौरुष चिंघाड़ उठा—"रौंद डालो पठानों को।"

हाड़ा वीर चल पड़े। पठान सेना चित्तौड़ को घेरे आमोद प्रमोद मना रही थी। वह समझ रही थी कि चित्तौड़ का राणा रसद और बाहरी सहायता के अभाव में चंद ही दिनों में आत्म-सम्पर्ण कर देगा पर सहसा महाराव नारायणदास के आक्रमण ने पठानों को विचलित कर दिया। हाड़ों की हुंकार चारों ओर गूंज उठी। उनकी तलवारें शत्रु के शोणित से प्यास बुझाने लगीं। चारों ओर संहार का नंगा नाच होने लगा, खेमें जलाये जाने लगे। इस अप्रत्याशित भीषण आक्रमण ने पठानों में हाहाकार मचा दिया। वे नहीं जान सके कि कितनी शत्रु-सेना है! रात का अंधेरा और

चारों ओर से यह भयंकर आक्रमण!

पठानों के पांव उखड़ गए। वे भागने लगे। सारी रात पठानों को जो रास्ता मिला, उस रास्ते से वे रफ्फू-चक्कर हो गए। उनके कई सेनापति मारे गए और कई भाग गए।

अपने पवित्र देवता सूर्य के दर्शन के साथ सूर्यवंशी सीसोदियों ने देखा कि पठान भाग रहे हैं और महाराव का नगाड़ा बज रहा है और झंडा लहरा रहा है तो वे भी खुशी में झूमते हुए बाहर आ गए।

विजय राणा के हाथ रही।

राणा रायमल स्वयं महाराव को लेने के लिए आया और असीम आदर के साथ उसे किले के भीतर ले गया। चारों ओर हर्षध्वनियां और जयजयकार की गूंज थी। उल्लास ही उल्लास बिखरा था।

इस विजय के उपलक्ष्य और महाराव के प्रति आदर-आभार प्रकट करने के लिए आनन्दोत्सव का आयोजन किया गया।

महल की प्रमुख बारादरी को वन्दनवारों, फूलों और सुवासित पदार्थों से सजाया गया। बड़े-बड़े हाड़ा और मेवाड़ी सामन्त उपस्थित थे। कसूम्बा सोने के प्यालों में डाला गया। अन्य पात्रों में सुरा भर दी गई। एक मादक वातावरण छा गया।

फिर ढोलनियों का मोहक नृत्य आरंभ हुआ। अंतःपुर के जालीदार झरोखों में रानियां, पटरानियां, पासवानें, मरजीदानें और डावड़ियां आकर बैठ गईं। उस दिन रावले का आकर्षण भीमकाय महाराव नारायणदास था। जिसकी बदौलत आज चित्तौड़ ने विजयश्री प्राप्त की थी।

महाराव कसूम्बे के प्याले के प्याले पी रहा था। राणा की परम सुन्दरी भतीजी सिरेकुंवर ने अपनी डावड़ी गोमली से अत्यन्त ही मंदस्वर में कहा—"महाराव सा ने आज अपना गौरव मिटने

से बचा लिया। मेवाड़ी-पगड़ी की लाज रख ली।"

"हां कुंवराणीजी!"

"ऐसा वीर पुरुष मैंने नहीं देखा। सुना है कि पठानों को महाराव सा ने खेत की बालों की तरह काट डाला। उनके सिरों को ककड़ियों व मतीरों की तरह तोड़ डाला। बड़े बांके वीर हैं!"

"पर हैं बड़े अफीमची। मैंने सुना है कि वे आठों पहर चौबीस घड़ी अम्बल (अफीम) की पिनक में रहते हैं।"

"डावड़ी! वीरों के गुणों के साथ अवगुण जुड़े रहते हैं। लेकिन हमारी मूंछ का चावल तो रख लिया। अब हम लोग इसका अहसान कैसे उतारेंगे!"

गोमली उसकी डावड़ी ही नहीं, विशेष सहेली भी थी। पक्की भायली। झट से बोली—"अहसान उतारने का उपाय मैं बता सकती हूं।"

"बता!" सप्रश्न उसने देखा।

"आप इनसे ब्याह कर लीजिए।" कहने को गोमली कह गई पर वह आंतरिक भय से आकुल हो उठी। अणूती बात का परिणाम वह जानती थी। अतः तुरन्त क्षमा मांगती हुई बोली—"बाई सा! मुझे खमा कर दीजिए। मेरी बात का बुरा मत मानिएगा।"

सिरेकुंवर मुस्करा कर बोली—"बुरा!···अरे पगली, तूने तो मेरे मन की बात कह दी। मैं तो मन ही मन में महाराव को वर चुकी हूं। तू तो जानती ही है कि मैं क्षत्राणी हूं। और क्षत्राणी सुख से अधिक गौरव की इच्छुक होती है। महान योद्धा की पत्नी कहलाकर मैं कितनी बड़ी हो जाऊंगी!"

"फिर मैं बात चलाऊं?"

"अवश्य···"

और सचमुच यह बात रावले और अन्य स्थलों पर चढ़ती हुई धूप की तरह फैल गई। राणा ने सुना तो उसने भी इसका समर्थन कर दिया। इतना शौर्य और महिमामय घराना कहां मिलता

है। तुरन्त महाराव के समक्ष प्रस्ताव प्रस्तुत किया गया और महाराव भी सीसोदियों से सम्बन्ध स्थापित करके अपने को गौरवान्वित अनुभव करने लगा। तुरन्त स्वीकृति दे दी।

महाराव का विवाह सिरेकुंवर से हो गया। बहुत ही शानदार शादी हुई थी।

राणा ने महाराव को दहेज में हाथी, घोड़े, रथ और कई डावड़ियां और दास दिए।

सिरेकुंवर को देखकर स्वयं महाराव के मुख से प्रस्फुटित हो गया···"इतनी फूटरी (सुन्दर) राणी हमने नहीं देखी। पूगलगढ़ की पद्मिनी लग रही है।"

महाराव बूंदी की ओर लौट पड़ा।

सिरेकुंवर इतने महान योद्धा को अपना पति पाकर फूली नहीं समा रही थी।

महाराव का काफिला नीयत समय उस स्थान पर पहुंचा; जहां उसने उस तेलण युवती के गले में लोहे की पाश लगाई थी। वह तो भूल गया; पर वह बेचारी युवती उस लोह-दंड के कंठहार से अत्यन्त पीड़ित थी। उसने लाख चेष्टा की पर कोई भी वीर ऐसा नहीं मिला जो उस सलोखा को सीधा कर दे। उसकी कोमल गर्दन पर खरोंचें पड़ गई थीं। उसे सोने में दिक्कत होती थी। उसका जीवन बड़ा कष्टमय बन गया था।

युवती विक्षिप्त-सी महाराव की प्रतीक्षा कर रही थी। उसने जैसे ही महाराव की सवारी को देखा वैसे ही वह पागल की भांति महाराव के रथ के आगे आ खड़ी हो गई। सारथी ने पूछा—"तू कौन है? जानती नहीं, यह महाराव की सवारी है।"

"मैं जानती हूं। मैं दुखियारी उनको ही अडीक (प्रतीक्षा) रही हूं। मैं लोहे के फंदे से परेशान हूं।"

महाराव युवती की बात को सुनकर सचेत हुआ। पुराना सदर्भ उसे याद आया। उसने रथ से उतरकर उस युवती को देखा। युवती रोती हुई उके चरणों में गिर गई। बोल पड़ी—

"बड़ो हुक्म अन्नदाता! मुझसे भूल हो गई, मुझे इस कष्ट से बचाइए..."

तभी राव की राणी सिरेकुंवर ने पूछा—"क्या बात है महाराव सा?"

महाराव ने अभिमान से सिरेकुंवर को देखकर कहा—"राणीजी, इस नादान युवती ने कहा था कि हम अफीमची हैं। हम राणाजी की क्या सहायता करेंगे! हमने क्रोध में इसके गले में फंदा डाल दिया।"

तेलण अपने अश्रुपूरित चेहरे और जुड़े हुए हाथों से सिरेकुंवर के रथ की ओर बढ़ी। रोदन-भरे स्वर में बोली—"राणीजी! मैं आपकी गाय हूं। मुझे बचाइए। मेरी इस निगोड़ी जीभ को जला दीजिए, पर इस फंदे को खुलवा दीजिए।"

सिरेवर ने महाराव की ओर देखा। फिर महाराव के होंठों पर अर्थभरी मुस्कान दौड़ गई। युवती को अपने पास खींचकर एक झटके से उन्होंने वह फंदा खोल दिया।

युवती सिरेकुवर के रथ के आगे लोट गई। सिरेकुंवर ने उस युवती को तीन मोहरें दीं। कहा—"सदा कायदे में रहना चाहिए। शिष्टता बहुत बड़ी चीज़ है।"

युवती हाथ जोड़े खड़ी रही।

सवारी चली गई। केवल धूल के बादल उड़ते हुए रह गए। गहरी नीरवता खड़ी रह गई। घुट-घुटा-सा मौन छाया रहा।

युवती ने चारों ओर देखकर फिर दुष्टता से कहा—"बेचारी राणीजी! एक दैत्य के साथ अप्सरा। कहां वह पहलवान और कहां वह शीशे की परी-सी, कैसे निभेगी इन दोनों की!"

सहसा पांवों की आहट हुई। युवती मृत्यु-संत्रास से कांप उठी। क्या फिर किसीने उसकी बात सुन ली?...एक ठण्ड-सी घुस गई उसके मन में। देखा तो सान्त्वना की सांस ली—एक गाय आ रही थी।

युवती अपने गांव की ओर भाग गई।

महाराव अपने विशेष सामन्तों के साथ बैठे-बैठे अम्बल-पानी ले रहा था। तभी एक सामन्त ने नशे की झोंक में कहा—"महाराव सा की नई राणी रूप की रंभा है। गले से पानी उतरता हुआ दिखाई देता है। बूंदी ऐसी रूपवती राणीजी को पाकर गौरव पा रही है।"

महाराव ने सामंतों को डांटते हुए कहा—"यही चर्चा क्यों होती है? आगे किसीने राणीजी के रूप-रंग की चर्चा की तो मैं उसकी ज़बान खींच लूगा।···जाओ तुम सब लोग।"

उन सबके उठने के पहले ही महाराव चला गया। सामन्त भी नशे की झोंक में थे। महाराव के खौफ की चिंता किए बिना खिलखिलाकर हंस पड़े।

उनकी हंसी आरे की तरह महाराव के हृदय को चीर गई। अपमान की आग में दग्ध महाराव मन ही मन उत्तेजनाओं से घिरता हुआ चीख पड़ा—"राणीजी के रूप ने तो मेरे मन की शांति छीन ली है।"

वह क्रोध में पागल हो गया। ज़नानी डयोढ़ी की ओर बढ़ा। सिरेकुंवर के महल के आगे पहुंचकर वह खड़ा हो गया। सुनने लगा। एक डावड़ी सिरेकुंवर को व्यथित स्वर में कह रही थी—"बाई सा! आपको चाहे कितना ही बुरा लगे, पर यह सच है कि महाराव सा के साथ आपकी जोड़ी ज़रा भी नहीं मिलती। एक सदा नशे में धुत्त रहने वाला भीमकाय दैत्य और एक देवताओं के देश की अप्सरा···फिर वे स्नान भी नहीं करते। कितनी बास आती है उनके शरीर से···!"

सिरेकुंवर ने शांत स्वर में कहा—"क्षत्राणी इन सब बातों को कभी नहीं सोचती। फिर मैंने तो गुण देखा है, लेकिन महाराव सा इधर कुछ परेशान···? मैं इतनी रूपवती और कंवली हूं, इसमें मेरा क्या दोष है!···ड्योढ़ी की चर्चा भला मैं कैसे रोक सकती हूं?"

महाराव की क्रोधाग्नि भड़क उठी। वह भीतर घुसता हुआ दांत पीसकर मन ही मन बोला, "मैं सबका उपाय कर सकता हूं। इन चर्चाओं को भी रोक सकता हूं।"

और वह पुनः उसी कक्ष में आया, जहां से वह कसूम्बा पीकर निकला था। उसने खूब कसूम्बा पिया। नशे में धुत होकर वह लौटा। क्रोध और नशे में वह पागल था। उसके अन्तस् में सोया हुआ कुरूप व्यक्ति उसके अहम् को तिलमिला रहा था। संघर्ष, आवेश और आक्रोश।

वह सीधा सिरेकुंवर के महल में पहुंचा। उसे देखते ही गोमली चली गई। उसने महराव की विकराल आकृति से स्थिति को भांपा—महराव क्रोध में हैं।

उसने सहमते हुए पूछा—"क्या बात है महाराव सा ?"

महाराव ने आव देखा न ताव, सिरेकुंवर को खिलौने की तरह उठा लिया।

"यह क्या कर रहे हैं ! छोड़िए न···।"

पर महाराव ने नहीं छोड़ा। उसने सिरेकुंवर को पलंग पर पटका और अत्यन्त निर्दयता से उसके चेहरे को कटार से क्षत-विक्षत कर दिया।

सिरेकुंवर चिल्लाई नहीं। प्रतिरोध भी नहीं किया। आहिस्ता-आहिस्ता कक्ष से बाहर निकल गई। रक्त की बूंदें व दाग फैल गए।

सुबह जब सिरेकुंवर ने महाराव से कहा—"आपने यह अच्छा किया। क्योंकि मेरा यह अनुपम रूप हमारे प्रेम व सम्बन्धों में बाधा था। एक पक्की दीवार थी। मुझे आशा है कि अब आप मुझे···"

और महाराव कसूम्बे के पात्रों को बाहर फेंकता हुआ करुणा-प्लावित स्वर में कह रहा था—"मैं बड़ा नीच हूं—मैं अब कभी भी अफीम नहीं खाऊंगा···राणीजी, मुझे माफ कर दीजिए···माफ कर दीजिए !"

और जैसे ही महाराव ने राणी की ओर देखा। वैसे ही वह मर्मान्तक वेदना से तड़पकर चीख पड़ा। वह पश्चात्ताप कर रहा था और राणी न जाने क्यों मुस्करा रही थी !

●●●